·火车探案记·

游猎之星号上的枪声

[英] M.G. 伦纳德
[英] 萨姆·塞格曼 著
[意] 埃莉莎·帕加内莉 绘
刘思捷 译

GUANGXI NORMAL UNIVERSITY PRESS
广西师范大学出版社
·桂林·

YOULIEZHIXING HAO SHANG DE QIANGSHENG

出版统筹：汤文辉   美术编辑：蒙海星
品牌总监：李茂军   版权联络：郭晓晨 张立飞
选题策划：李茂军 戚 浩 营销编辑：李倩雯 赵 迪
责任编辑：戚 浩   责任技编：郭 鹏
助理编辑：梁 缨

Murder on the Safari Star (Adventures on Trains)
First published 2021 by Macmillan Children's Books an imprint of Pan Macmillan
Text copyright ©M.G.Leonard and Sam Sedgman 2021
Illustration copyright ©Elisa Paganelli 2021
Simplified Chinese edition ©2023 Guangxi Normal University Press Group Co., Ltd.

著作权合同登记号桂图登字：20-2021-188 号

图书在版编目（CIP）数据

 游猎之星号上的枪声 /（英）M.G.伦纳德，（英）萨姆·塞格曼著；（意）埃莉莎·帕加内莉绘；刘思捷译. 一桂林：广西师范大学出版社，2023.2
 （火车探案记）
 书名原文：Murder on the Safari Star
 ISBN 978-7-5598-5388-2

 Ⅰ.①游… Ⅱ.①M… ②萨… ③埃… ④刘… Ⅲ.①儿童小说一长篇小说一英国一现代 Ⅳ.①I561.84

 中国版本图书馆 CIP 数据核字（2022）第 166510 号

广西师范大学出版社出版发行

（广西桂林市五里店路 9 号 邮政编码：541004）
 网址：http://www.bbtpress.com
出版人：黄轩庄
全国新华书店经销
北京博海升彩色印刷有限公司印刷
（北京市通州区中关村科技园通州园金桥科技产业基地环宇路 6 号
 邮政编码：100076）
开本：880 mm × 1 240 mm 1/32
印张：11.5 字数：179 千字
2023 年 2 月第 1 版 2023 年 2 月第 1 次印刷
定价：49.80 元

如发现印装质量问题，影响阅读，请与出版社发行部门联系调换。

献给世界上最完美的女人——克莱尔·拉科齐。

我永远爱你。

——M.G. 伦纳德

献给我的外甥萨利。

愿你永远享受旅行。

——萨姆·塞格曼

赞比亚

游猎之星号

路线图

维多利亚瀑布城

万盖

津巴布韦

索马布拉

布拉瓦约

鲁滕加

万盖国家公园

游猎小屋

林波波河

莫桑比克

拜特布里奇

博茨瓦纳

犀牛岩

胡克急弯

克鲁格国家公园

胡德斯普鲁特

比勒陀利亚花园车站

比勒陀利亚

南非

约翰内斯堡

德拉肯斯山脉

万绿丛生，死亡只需一颗子弹。

——上田五千石

目录
CONTENTS

节日礼物

"嘿，哈里森！你醒了吗？"

哈里森从床上坐起来，眨了眨惺忪的睡眼。卧室里一片漆黑，他闻到了咖啡的味道。卧室的门被推开了，一个穿着条纹睡衣的人站在门口，走廊里的灯光从这个人的身后漫进了卧室。

"纳撒尼尔舅舅？"哈里森高兴得一跃而起，跪坐在了床上。"你来了！你是昨晚来的吗？"他朝舅舅喊道。

"是的，早上好，哈里森！"

哈里森打开台灯，灯光瞬间照亮了床头柜上的几张贺卡。

这几张贺卡分别来自兰妮、哈德莉和梅森——他们都是哈里森在前几次火车旅行中结识的朋友。紧贴着床尾的桌子上，堆着哈里森画的一些素描画，有他的家人、他的狗，还有火车——很多很多的火车。这些画的旁边，堆着几个装满了铅笔、钢笔和各色画笔的玻璃罐。哈里森非常喜欢画画，对他来说，最难忘的作画时间莫过于与纳撒尼尔舅舅一同乘坐火车时所经历的那些时间。

哈里森那只毛茸茸的大白狗——贝莉，摇着尾巴，从纳撒尼尔舅舅身边挤进了卧室。它一边哈着气，一边迫不及待地跳到了床上，一对蓝色的眼睛闪闪发亮，原本耷拉着的舌头突然变得灵活起来——它似乎想要表达什么。

果然，贝莉伸出舌头热情地舔了舔哈里森的脸，显出了特别高兴的样子。

"贝莉，下去！咦，别！"哈里森小小地抗议了一下。

纳撒尼尔舅舅哈哈大笑起来。"我还以为过节的时候，孩子们都会一大早就起床呢！"他高兴地说道。

"现在几点了？"

"六点。"纳撒尼尔舅舅喝了一口马克杯中的咖啡。"贝弗利要我来催一下你。我觉得你再不起来就要错过节日礼物了哟！"他说道。

哈里森欢呼了一声。时间距离他和舅舅搭乘加州彗星号完成的奇妙旅程已经过去了两个月。虽然他一直在告诉自己，不要盼着在短时间内就能有再次踏上旅程的机会，但当他看到纳撒尼尔舅舅，猜测着或许又要和舅舅一起旅行时，他还是兴奋不已，他

的心里仿佛划过了一道闪电。他冲出卧室，跑下楼梯，纳撒尼尔舅舅和贝莉则紧随其后。

"早上好，宝贝。"妈妈的语气非常温柔。她怀里抱着小妹妹艾莉，还举着一只奶瓶在给小家伙喂奶。她抬头看了看纳撒尼尔舅舅。"詹姆斯晚些时候会来和我们共进晚餐吗？"她问道。

"恐怕不会。他还在工作，之后还要驱车前往他父母家。"

"噢，太可惜了。"

"累死我了。我们都回房间睡觉去吧！"哈里森的爸爸嘟囔着从厨房里走了出来。哈里森忍不住笑出了声。爸爸的眼里闪烁着欢快的光芒，他和哈里森一样非常喜欢过节。"好了，哈里森……"爸爸语气严肃地说道，他跟着哈里森走进了客厅。"我们商量了一下，最终决定，既然你已经十二岁了，再给你准备礼物似乎有些不合适了。"他望着哈里森说道。

"爸爸……"哈里森叹了口气。爸爸高兴的时候总喜欢和哈里森开玩笑。

"我们昨晚已经决定不再像往常一样给你送礼物了。嗯，你知道的，就是那个写有你名字的纸盒，我们已经不打算再用它了，它也不会像往常一样被礼物塞得满满的了。你马上就是个小大人了，而且……"爸爸说道，他似乎很喜欢这样逗儿子。

"不过，那是什么？"哈里森指了指那个写有他名字的纸盒。那个纸盒此刻正安安稳稳地躺在旁边的地板上。

"我的天哪！那是哪里来的？"哈里森的爸爸窘迫地挠了挠头。

"爸爸！别演了！"哈里森用双手捂住了脸。

纳撒尼尔舅舅坐在沙发的扶手上，哈哈大笑起来。

"我希望你一整年都是个乖孩子，"爸爸略带怀疑地扬起了眉毛，"不然的话，里面可能装满了土豆和煤炭。"

"乖孩子？我抓住了珠宝大盗，还侦破了一桩绑架案！我可一直都是最棒的孩子！"

"去吧，宝贝，看看你的盒子里有什么！"妈妈笑着说道。

哈里森从盒子里拿出了一个溜溜球、一套给贝莉的梳洗工具、一个坐上去便会发出响声的坐垫（爸爸二话没说，立马把它吹了起来，并佯装不小心坐在了上面）、一对可以当鼓槌的铅笔，还有一副背面印有老式火车海报的纸牌。哈里森不慌不忙地欣赏着每一件礼物，连声说着谢谢。尽管手上拆着礼物，他心里惦记的却是舅舅会给他送什么样的礼物。

"你的动作可真快啊！"看着哈里森从盒子里拿出了一个橘子和一颗核桃，妈妈不禁感慨了一句。她把艾莉交给了哈里森的爸爸。"我们先吃早餐，然后再慢慢看礼物吧。我准备了煎饼，纳撒尼尔，还有培根和枫糖浆。哈里森想吃一顿你们在加州彗星号上吃过的早餐。"说完，她向餐桌走去。

"等一下，贝弗利，我等不及想要看看哈里森给我准备了什么礼物。"纳撒尼尔舅舅抓住了哈里森妈妈的手。"我和哈里森不能先交换一下礼物吗？"他问道。

"对，我们先交换礼物吧！"哈里森一跃而起，贝莉也兴奋地叫了起来。还没等妈妈答复，他便从一堆盒子中翻出了一个长方形的盒子。"节日快乐，纳撒尼尔舅舅！"他咽了下口水，突然感到有些紧张，"希望这件礼物你能喜欢。"说完，他把盒子递给了舅舅。

纳撒尼尔舅舅撕开包装纸，看到了一幅装裱好的素描，上面画的是正在驶过里布尔黑德铁路高架桥的高地猎鹰号。"哈里森，这是你画的吗？"舅舅惊呼道。

哈里森点了点头。

纳撒尼尔舅舅先是一愣，接着把素描高高地举了起来。"简直太完美了，哈里森！我太喜欢了！"说完，舅舅伸出一只胳膊，紧紧拥抱了哈里森一下。"过来！谢谢你！这是我收到过的最好的节日礼物。我要把它挂在客厅的壁炉上面。"舅舅激动地说道。

　　哈里森骄傲得满脸通红。

　　"这幅画他画了好几个星期。"妈妈笑眯眯地解释道。

　　"好吧，这么说我的压力可就大了。"纳撒尼尔舅舅说道，"我的礼物跟哈里森的根本不能比。"他一边说，一边从口袋里掏出一个用金纸包着的扎着红丝带的包裹。"希望你会喜欢。"舅舅把包裹递给了哈里森。

　　"谢谢。"哈里森说着接过了礼物。从外包装来看，这件礼物的大小和一大盒巧克力棒的大小差不多，摸起来硬邦邦的。他解开丝带，打开包装纸，里面装的是一盒画素描用的炭笔。

　　"我想着你可能会喜欢用炭笔画画。"纳撒尼尔舅舅笑着解释道。

　　哈里森感觉自己肺里的空气似乎一下子就被抽干了。他看着那盒笔，尽量不表现出失望的情绪。"噢，哇！纳撒尼尔舅

舅，这件礼物太棒了！我想我会喜欢用这盒笔来画画的。谢谢你。"他挤出了一丝笑容。

房间里所有的人都在盯着他，他只好打开盒子，竭力装出一副对炭笔很感兴趣的样子。可就在他打开盒子的时候，一张墨绿色的小卡片掉了出来，落在了地板上。哈里

森把它捡了起来。

"你肯定也需要画纸。"纳撒尼尔舅舅补充了一句。

这张卡片上印着几行金字。哈里森盯着这些字，瞪大了眼睛。他很想说些什么，可一个字也挤不出来，似

乎连呼吸都停止了。到头来，他发现自己竟像一条鱼似的张着嘴巴。

他看了看舅舅。舅舅咧着嘴笑了，样子像极了《爱丽丝漫游奇境》里露齿而笑的柴郡猫 ①。

"我们要去南非了，哈里森。二月你放期中假的时候，我们要乘坐火车游猎之星号，从比勒陀利亚一路穿过津巴布韦，前往赞比亚边境的维多利亚瀑布。我觉得你可能会想用炭笔画下我们在野生动物园里看到的各种动物……"纳撒尼尔舅舅开心地说道。

没等舅舅的话说完，哈里森便大喊着朝他冲过去，张开双臂一把将他抱住，险些把他从沙发上撞翻过去。盒中的炭笔也早就被抛到了半空中。

南非！一想到要和舅舅再次乘坐火车旅行，哈里森便满心欢喜。

不过，哈里森不知道的是，这将是他和舅舅经过的最惊心动魄的一次旅行。

---

① 原文为 grin like a Cheshire cat，意思是像柴郡猫那样露齿而笑。Cheshire，柴郡，英国的一个郡。《爱丽丝漫游奇境》成为名著后，文中的 grin like a Cheshire cat 也成为英语中的一个成语。——译者注

第二章

游猎车站

哈里森舔了舔大拇指的边缘，开始在速写本上涂抹刚用炭笔画出来的线条，一道道线条瞬间就变成了眼前豪猪身上锋利的黑色刚毛。此刻，他的素描对象——那头豪猪正咀嚼着树皮，怒目圆睁地瞪着他。这头豪猪长着一个看上去软乎乎的鼻子，留着花白的莫霍克发型①，身上满是尖刺，尾巴又粗又短。哈里森俯下身去，想端详它的脸，可这个浑身尖刺的家伙却怒气冲冲地朝检修棚走去，扑通一声跳进了一个满是灰尘的洞里。

---

① 莫霍克发型又名鸡冠头，即将头上的其他头发剃掉，只保留一个从前额到脖颈的长条形头发。——译者注

"真是个爱挑剔的顾客。"纳撒尼尔舅舅说道。一顶宽边的巴拿马草帽遮住了他英俊的面庞，为他挡下了刺眼的阳光；干净的白衬衫和象牙色的亚麻布西服让他看上去完全符合标准的欧洲旅行者的样子。

他们坐在一张铁桌子的旁边。除了他们俩，整个比勒陀利亚花园车站站台上空无一人。这里是城市郊区的一个私人铁路枢纽站，在被改建为车站之前，它曾是一所富丽的乡村别墅，如今野生动物遍地的庭院曾经是一座漂亮的法式花园。哈里森忽然想起了还在克鲁的家人们，他们此刻只能在阴冷的天气中度过二月的假期了。想到这里，他看着在铁轨旁自由自在溜达的鸵鸟，挠了挠自己的头。

他们于昨天晚上抵达约翰内斯堡，今天一大早便动身前往比勒陀利亚了。从他们住的旅馆到这里只有一个小时的车程，哈里森心心念念地想要好好看一看这里的火车站。当出租车缓缓爬上白色的砾石车道时，哈里森很快就喜欢上了这幢爬满了各种攀缘植物的红砖建筑物。此时有不少植物还在开花。一个半藏在花坛里的深绿色标牌上，用金色油漆写着几个大字——"阿克曼铁路"，不过，现在金色油漆已略有脱落。兴奋和饥饿交织在一起，哈里森感觉肚子里仿佛有一大群青蛙在跳来跳去。

一名搬运工接过他们的行李，接着又把他们的早餐送到了游廊上。说是游廊，其实就是站台上的一块很大的地方。铁轨离建筑物很近，使人很容易误认为这是一条供其他车辆通行的古怪车道。

当哈里森狼吞虎咽地享用水果和糕点时，一个张嘴笑着的男人大步走到了他们的桌子旁边。不知道为什么，这个男人的笑容使哈里森联想到了饥饿的鳄鱼。这个人穿着蓝色的衬衫和浅白色的裤子，银白色的短发和短短的胡子让他皮肤的古铜色显得更深了。

"纳撒尼尔·布拉德肖？我是卢瑟·阿克曼。欢迎光临比勒陀利亚花园车站以及我们家族的私人铁路。"他用力地与纳撒尼尔舅舅握了握手，"我非常高兴你接受了我的邀请。准备好迎接将让你毕生难忘的经历吧！游猎之星号就是一座带轮子的豪华旅馆，在我的车队里，它绝对算得上皇冠顶上的那颗明珠。我们将带你领略非洲风光，见识不一般的野生动物，并一路行至被誉为世界奇观之一的维多利亚瀑布。"他结束了这段好像做广告一般的介绍后，迅速把目光投向了哈里森。

"很高兴认识你，阿克曼先生。"纳撒尼尔舅舅说着，缩回了自己的手。"这是我的外甥，哈里森·贝克。"舅舅说道。

"哈里森·贝克？"阿克曼先生后退一步，打量着哈里森。哈里森把双手悄悄地藏到了身后，生怕这个激动的男人想要跟自己握手。

"我在报纸上读到过的那位火车侦探？"阿克曼先生问道。

听他这么一问，哈里森立刻变得满脸通红。

"需要我们安排一场犯罪，让你在火车上破案吗？"阿克曼先生说着放声大笑起来，"你更喜欢什么案子？勒索？艺术品盗窃？我知道了，一场刺激的谋杀案怎么样？"他一边说，一边眨了眨眼睛。

　　"谋杀案？对一名侦探来说，那可是难度最高的一种案件。"哈里森热切地说道。

"千万别有案件发生。我们在最近的两次旅行中目睹了太多的犯罪活动。我们来这里就是想看看动物。"纳撒尼尔舅舅说道。

"还有火车。"哈里森补充了一句。"你这里真的有一座火车博物馆吗，阿克曼先生？"他看着阿克曼先生问道。

"叫我卢瑟就行。"男人说着，用一只大手拍了拍哈里森的后背，差一点儿把他从椅子上推下来，"嗯，我还真有！那边是检修棚，我们一般会在那里对火车头进行维护，还会在那里装配车厢。再往前就是编组站。原来的信号箱和水塔就在那条路上。"他一边说着，一边指了指铁轨的另一侧。

一只鸵鸟正悠闲地在铁轨另一侧走着。"我敢保证，你们绝对不会失望的。"卢瑟稍微停顿了一下，猛地张开了双臂。"尽情探索吧！"他笑着说道。

"南非的火车站里总是有各种动物吗？"哈里森问道。

"20 世纪 40 年代，这幢房子刚刚被弃置时，动物们就搬了进来。"卢瑟解释道，"我买下这幢房子的时候，它们已经在这里住了很久了，我也不忍心把它们赶走。"说完，他看了看纳撒尼尔舅舅。"好了，我已经占用你们不少时间了。我是你们这趟旅行搭乘的火车的经理。我们稍后在游猎之星号上见吧！"说完，卢瑟向他们挥了挥手。

"不知道这趟旅行中会不会有案件需要侦破。"走过铁轨上方的一座铁桥时，哈里森说道。然后，他们沿着一条林间小路朝检修棚走了过去。凉爽的树荫让他们暂时躲过了炙热的阳光，获得了片刻喘息的机会。

"希望没有。我想放松一下，好好享受这趟游猎之旅。"纳撒尼尔舅舅一边说着，一边用帽子给自己扇风。

"但破案真的很吸引我，而且我很擅长破案。"哈里森一边说，一边看着一只栗子大小的甲虫在他们面前笨拙地飞行。小甲虫最终撞上了树干，跌落在地上。

"别乱许愿。"纳撒尼尔舅舅苦笑道。

透过树林的缝隙，他们看到两个巨大的棚子横跨在铁轨上方。从一扇敞开的大门可以看到一个宝蓝色的火车头。哈里森快步走了过去，纳撒尼尔舅舅紧紧跟在他的后面。

检修棚里回荡着锤子的敲打声和机器运行时的嗡嗡声。哈里森和纳撒尼尔舅舅爬上了一条能够俯瞰整个检修棚的走廊。

"太神奇了！"看到下面那些停在不同维修工位的旧车厢和

旧火车头时，哈里森忍不住激动地冲舅舅喊道。忽然，一团火花从铁轨下面的维修槽里飞溅出来，一个女人正在修理一辆已经拆了一半的6型火车头的底部。她穿着工装裤，白皙的手臂上沾满了油渍。这不禁让哈里森想起了他的朋友兰妮。于是，他把速写本搭在栏杆上，画下了这位女机械师的样子。正当哈里森把本子上的几条黑线抹开，用它们来表示闪闪发光的发动机锅炉的阴影时，不知何时走下走廊的纳撒尼尔舅舅，踱着步子走进了他的视野。

女机械师从维修槽里走出来，用一块破布擦了擦自己的胳膊。利落的短发和略微上翘的鼻子让她看起来很像是一个倔强的小精灵。她与纳撒尼尔舅舅握了握手，而舅舅则指了指还在上方的哈里森。

哈里森朝他们挥了挥手，然后顺着走廊来到楼梯处，下到了底下的车间。

"哈里森，"纳撒尼尔舅舅朝他挥了挥手，"这是弗洛，阿克曼先生的妹妹。她是这里的总工程师。"

"嗨！我正在跟你舅舅介绍珍妮斯——拉动整列游猎之星号的火车头。"尽管弗洛说话的语气有些生硬，但态度非常热情。

"你是司机吗？"哈里森问道。与她的哥哥不同，哈里森一下子便对弗洛产生了好感。

"不。希拉和格雷格是司机，我则作为安全员加入这趟旅行。当蒸汽火车被困在大草原上时，你不会希望身边没有工程师吧？"弗洛笑着说道。

"被困？还会出现那种情况吗？"哈里森问道。

"什么事情都有可能发生。"弗洛耸了耸肩膀，"这些都是老古董了，虽然我们的工作做得很好。"她的脸上先是露出一丝微笑，接着，她眨了眨眼睛，小声说道："如果你们想看看发动机的话，趁我们还没出发，到驾驶平台来，我可以带你们参观一下。"说完，弗洛回过头看了一眼火车头。

"谢谢，我一定去。"哈里森开心地说道。

与弗洛道别后，他们又绕着车间转了一圈，看了看正在检修的车厢，然后回到了外面。

"离火车出发大约还有一个小时，我想去买一份报纸。"当他们沿着小路返回时，纳撒尼尔舅舅说道。

"我想把车站画下来，"哈里森指了指隐藏在树丛中的一条长凳，"那里的观察角度应该不错。"

"这主意挺好。你画完了就过来找我。"纳撒尼尔舅舅说完就走了。

哈里森坐下来，打开速写本，翻开空白的一页。他的炭笔轻轻划过纸面，形象地把他所看到的表现了出来——站台外檐的水平线条和车站外立面的垂直线条成为整幅画面的框架。就在这时，一个沉甸甸、肉乎乎的东西忽然跳到了他的腿上，哈里森不禁失声叫了出来。这是一只体形跟小猫差不多大的动物，长着粗糙的棕色毛发、粗短的四肢，还有一根毛茸茸的尾巴。此刻，它那双琥珀色的眼睛正炯炯有神地盯着哈里森。

"奇波？奇波，你在哪里？"一个男孩的声音传了过来。

小动物转过身，从哈里森的腿上跳了下去。一个矮矮的男孩从树林里走了出来。他顶着个小平头，棕色的皮肤，一副大大的眼镜比他的脸还要宽，身上穿着一件褪了色的黄色圆领短袖衫和一条卡其色短裤。"你在这儿啊，奇波！"男孩叫道。只见那只小动物顺着男孩的胳膊爬了上去，坐在了男孩的肩膀上。男孩先是对着它一笑，然后又对哈里森笑了笑，说道："它以为你有吃的。"

"哦！"哈里森从口袋里掏出半包还没吃完的花生。"从飞

机上带下来的。"他举着那袋花生说道。

哈里森看了看男孩，男孩朝他笑了笑，他把三颗花生倒进了手掌心。很快，奇波再次跳到长凳上，两只爪子各拿起一颗花生，塞进了自己的嘴里。

"你们成为朋友了。"说着，男孩哈哈大笑起来。

"它是什么动物？猫鼬？"哈里森盯着正在啃花生的奇波问道。

"它是一只獴。"

"它真好看。"哈里森说着抬起了头，笑了笑继续说道，"对了，我叫哈里森。"

"我叫温斯顿。"男孩说道。与此同时，奇波一把抓过哈里森手里的最后一颗花生，跳回了温斯顿的肩膀上。"你是从哪里来的？"温斯顿问道。

"英国。我要和舅舅一起乘坐游猎之星号旅行。"哈里森答道。

"你刚刚是在画画吗？"温斯顿指了指哈里森的速写本。

"对，我刚刚是在画画。我很喜欢火车，所以我大部分时间都在画火车。"哈里森向温斯顿展示了一下自己刚刚在检修棚里画的画。"不过在这趟旅行中，我还要画动物。"说着，他翻到了画着暴脾气豪猪的那一页。

"它的脸都还没画出来呢！"温斯顿哈哈大笑起来。

"它就是不肯老老实实地坐着不动。"

"如果你再给几颗花生，奇波倒是可以坐着不动。"

奇波好像听懂了温斯顿的话并要表示不同意似的，它猛地从温斯顿的肩上跳下来，跑进树林里了。

"别又跑了啊！"温斯顿有些恼怒地喊道。"妈妈说我必须看好它，才能把它带上火车。"说着，他急急忙忙地追了上去，哈里森也跟在后面。

"奇波，回来！獴是一种群居动物，它肯定以为自己是我们的首领。"温斯顿一边跑一边说道。

"你妈妈也是乘客吗？"哈里森很高兴温斯顿和他的妈妈也要一起搭乘火车。

"她是这趟游猎之旅的向导。"温斯顿穿过灌木丛，朝几条老旧的铁路侧线走去。"我妈妈是一名动物学家，她对南非和津巴布韦的所有动物都了如指掌。这是她第一次允许我乘坐火车，平时我只能和老爸待在家里。我答应帮她做些力所能及的事情——跑跑腿之类的。我真的很想去欣赏一下维多利亚瀑布。妈妈非要让我把作业也带上。"说完，温斯顿做了个鬼脸。

"看，它在那儿。"哈里森指着几米开外的奇波说道。那只小动物正用两只后腿立在一棵树旁，嗅着周围的空气，耳朵也耷拉了下来。突然，它一下子蹿了出去，一把捉住一只豆娘，把它塞进了嘴里。

温斯顿抿住嘴唇，发出一阵吱吱的声音。接着，他穿过灌木丛向奇波走去，小家伙也朝他跑了过来。可温斯顿却突然停住了脚步，随后还退了回来。"哦，不！阿克曼先生在那儿。"他小声地说道，"妈妈说过不能让奇波给他添麻烦。"温斯顿一把抓住那只獴，将它抱在胸前。"快，我们走吧！"他对哈里森说道。

离开前，哈里森回头瞥了一眼。卢瑟·阿克曼正压低声音和一个身穿卡其色短袖、深灰色裤子，面色蜡黄的矮个子男人说话。阿克曼先生耸着肩膀，低着头，看上去神神秘秘的。哈里森拿起炭笔，飞快地将眼前的这一幕画在了速写本上。就在他快画完时，他看到那个矮个子的男人点了点头，递给阿克曼先生一卷钞票，男人手里银色的钱夹子在阳光下反射出一道刺眼的光。目睹了这一幕的哈里森突然起了一身鸡皮疙瘩。

　　他蹑手蹑脚地走出树丛。凭直觉，他坚信自己看到了不该看到的事情。一想到刚刚的那一幕，他的心便怦怦直跳，感觉脸也热了起来。也许，游猎之星号上真的有案子，他要去破案了。

第三章

《与我赴死》

　　"温斯顿！"哈里森追了上去，"我刚刚看到了很可疑的一幕。"他压低声音，把卢瑟·阿克曼收下一卷钞票的事情向温斯顿描述了一番。

　　"给别人钱有什么不对的？"温斯顿皱起了眉头。

　　"那是很大的一笔钱，而且他们还躲在树林里。"

　　"确切地说，他们也不是躲在……"

　　"你看，我大致画了一下。"哈里森给温斯顿看了看自己的速写本，希望能用这幅画来说服他。"阿克曼先生正在收钱。"

他指着画说道。

"你可真厉害，这么短的时间居然能画得这么惟妙惟肖。"温斯顿看着画不住地点头。"他们看起来确实有些可疑。可那又怎么样呢？"他反问道。

"他们要是在犯罪呢？"

"犯罪？"温斯顿眯起了眼睛。

"这里面肯定有大秘密。我已经知道怎么辨别异常行为了，从我之前办过的案子来看……"哈里森靠向温斯顿，压低了声音说道。

"噢，我懂了！"温斯顿耸起肩膀，学着哈里森的样子凑上前来。"你是想玩警察抓小偷的游戏，对吧？"他朝两边望了望，用沙哑的声音说道。

"不，"哈里森突然站直了身子。"我是一名侦探。"他正色道。

"棒！我也是！"温斯顿继续用沙哑的嗓音说道，"我们俩都可以当侦探，或者……"他皱起眉头，做出一副很凶的样子。"我来当坏人？奇波可以当我的跟班。"他拍了拍自己的胸口说道。

"不，你不明白。我是一名真正的侦探。在过去的七个月里，我破获了两起案子，一起珠宝盗窃案和一起绑架案。"哈里森开始有些不耐烦了。

"你说的是真的吗？"温斯顿双臂交叉放在胸前问道。

"千真万确。"哈里森说道。不过他看得出来，温斯顿还是不太相信。

在返回车站的路上，哈里森跟温斯顿讲起了自己在高地猎鹰号上抓住小偷，以及在加州彗星号上侦破绑架案的经历。"现在，我有一种预感，阿克曼先生肯定在搞什么鬼。我要弄清楚他到底有什么企图。你想帮我吗？"哈里森问道。

"这个……我看还是算了吧。"温斯顿摇了摇头，"阿克曼先生是我妈妈的老板，她让我千万不要去烦他，所以……"他耸了耸肩膀。"我一直很想加入这趟游猎之旅。我花了好几个月才说服老妈带我一起来。我可不想把事情搞砸了。"他看着哈里森，略显无奈地说道。

"你不担心你妈妈在为罪犯工作吗？"

"你也不能确定阿克曼先生就是罪犯。我宁愿离这些麻烦远远的。"温斯顿摸了摸奇波的脑袋，朝站台瞥了一眼，"你看，我得走了。我说好了要帮搬运工搬行李的。火车上见！"他朝哈里森挥了挥手。

温斯顿竟然对侦探的事情如此不感兴趣，这着实让哈里森吃了一惊。两个人分手后，哈里森急急忙忙地穿过铁轨，准备把阿克曼先生的事情告诉舅舅。当他到达站台时，乘客们正鱼贯走出落地的双扇玻璃门。一些乘客随手从衣着得体的服务员端着的银盘子里拿起一两块开胃饼干，叽叽喳喳地谈论着火车就要进站的事情。哈里森看见纳撒尼尔舅舅坐在一张桌子旁，正聚精会神地和一个身材矮小、面色红润、留着棕色小胡子的男人说着话。男人将稀疏的头发高高地梳到头顶上，前额上深深的抬头纹给人留下了一种他一生都在沉思的印象。两个人仿佛感觉到哈里森走了过来似的，不约而同地转过头。纳撒尼尔舅舅的脸上露出了微笑。

"哈里森，你来了？来见见我的老朋友，埃里克·洛夫乔伊警探。我刚得知他也要和我们一起搭乘游猎之星号。"

"警探？"哈里森心里一惊。

"谢天谢地，我已经退休了。"埃里克谦逊地笑着说道。

"火车站画完了吗？"纳撒尼尔舅舅问道。

哈里森点了点头。埃里克·洛夫乔伊一双绿色的眼睛炯炯有神，目光颇为犀利。站在这位已经退休的警探面前，哈里森不免感到有些难为情。"你们是朋友？"哈里森一边问，一边坐了下来。

"你舅舅走到哪里都能交到朋友。"洛夫乔伊非常赞许地答道。

"我跟埃里克大概是十年前认识的。"纳撒尼尔舅舅说道，"我当时在约翰内斯堡旅行时遇到了一些麻烦。我被当成了另一个人，护照也不见了。我本以为是自己把护照放错了地方，结果发现护照其实是被人偷了。那次闹得真是不可开交，还好埃里克救了我。然后，我们发现彼此都是铁路爱好者。"说完，舅舅对着警探笑了笑。

"我们刚刚正在欣赏多莉。"埃里克说着，指了指停在远处侧线上一个锈迹斑斑的火车头。

"19D 型火车头。"纳撒尼尔舅舅说道。

"20 世纪 40 年代制造的。"埃里克努了努鼻子，仿佛他能闻到新鲜烘焙的面包香味一样。"那是津巴布韦型配鱼类式煤水车，现在已经非常少见了。"他叹了口气说道。

"要我说，能看到它可太棒了！"纳撒尼尔舅舅说着，身子往后一靠，露出了笑容。

"我是听到英国口音了吗？"随着这句话出现在他们眼前的，是一个穿着粗花呢夹克的女人，她就像和他们很熟悉一样坐在了他们桌子旁的第四把椅子上。这个满头灰色卷发的女人一边对他们报以微笑，一边用双手给自己扇风。她的手指上还戴着几枚底座厚实的金戒指。"噢，累死我了。这里也太热了！"她嚷嚷着。

"确实挺热。"纳撒尼尔舅舅表示同意。"我是纳撒尼尔·布拉德肖。"舅舅对她说道。

"我热得简直要被熔化了！"女人说完鼓了鼓腮帮子，突然大笑起来。看到她这个样子，哈里森也笑了。

见自己的笑声得到了回应，女人高兴地扬起眉毛，看了看哈里森。"都怪这件该死的粗花呢衣服。我离开英国后就一直没换过。上火车之前我都没办法把它塞进行李箱。"她一边说着一边抻了抻上衣，红扑扑的脸庞上挂着几颗汗珠。"你们都要去维多利亚瀑布吗？"她问道。

"对，我们都去。我是埃里克·洛夫乔伊，很高兴见到你。"洛夫乔伊一边说，一边伸出了一只手。

"贝丽尔·布拉什。"她一边回答，一边伸手握住了埃里克的手，还故意挤了下眼睛，"我也很高兴。"

"恕我冒昧，你就是悬疑小说家

贝丽尔·布拉什吧？"纳撒尼尔舅舅

问道。

"噢，对！你知道我的书？"

她愉快地问道。

"恐怕我只拜读过其中的一本，我记得好像是叫……《与我赴死》？"

"完全正确！"贝丽尔·布拉什激动得眼珠子都瞪圆了，"一场谋杀的宴会，每位客人都魅力十足，每上一道菜都是一次转折！"

"确实……嗯……情节很丰富。"纳撒尼尔舅舅一边说着，一边咳嗽了一下。

"噢，谢谢你。"贝丽尔·布拉什笑容满面地说道。

"你要写一本关于游猎之星号的书吗？"哈里森问贝丽尔。

"这位是我的外甥，哈里森。"纳撒尼尔舅舅介绍道。

"你好，哈里森。我之所以踏上这段旅程，确实是希望能得到神圣的启示。我的读者们希望我一年写一本书，我绝不能让他们失望。"贝丽尔将一只手伸向天空，"非洲日落的浪漫……"她猛地把头扭向左边。"在蛮荒、危险的大地上蒸腾……"她露出牙齿，把手指比作猛兽扑向猎物时伸出利爪的样子，"被饥饿的狮子和毒蛇包围。这里肯定有迷人的秘密。"说完，她咯咯地笑了起来。

哈里森忍住笑意,他知道自己已经找到了秘密。"纳撒尼尔舅舅也写书。"他说道。

"你也写?"贝丽尔·布拉什转过身来,朝纳撒尼尔舅舅递了个询问的眼神。

"非小说类的游记,我专门写火车游记。"纳撒尼尔舅舅摆弄着手指,试图回避这个话题。

"你要写一本关于游猎之星号的书吗?"贝丽尔·布拉什噘着嘴问道,似乎对可能出现的竞争感到有些不快。

"我要给报社写一篇文章,我没有写书的打算。"

"很好!"贝丽尔似乎松了一口气,为了缓解尴尬,她从椅子上转过身来,问道:"我想知道,还有谁和我们同行?"

"今天发车的只有我们要搭乘的这一趟。"埃里克·洛夫乔伊说道,"这里的每个人都会上车。"他朝不远处双人椅上的一对夫妇看过去。那对夫妇面对面地看着彼此,手牵着手,嘴角挂着微笑,正在深情地交谈着。女人头上是一个打着结的铁蓝色头巾,看起来不但和她的裙子很配,就连颜色也与她乌黑的肤色很配。

"那是波西亚·拉玛波阿。她是一名成功的企业家,拥有连锁私人诊所，经常为偏远地区带去医疗服务。另外，她还是一位高调的社会活动家。"洛夫乔伊说道。

"有意思。"贝丽尔·布拉什说道，"她旁边的那位绅士朋友是什么人？"她靠向埃里克问道："是她的恋人吗？"

"那是帕特里斯·姆巴塔。他是一位非常有名的肥皂剧演员，一个万人迷。另外，嗯，是的……"洛夫乔伊戏剧性地停顿了一下，"他是她的恋人。"

纳撒尼尔舅舅清了清嗓子，努力不让自己笑出声来。哈里森打量着那个高大健壮、一身深色肤色的演员。剪得很短的头发使他的颧骨显得更加突出，黑色的眼睛更衬托出他俊美的脸庞。这种感觉不免使哈里森想起了自己遇到过的另一位电影明星——她的脸也非常俊美。

"我的心跳都加速了。"贝丽尔一边说，一边用手拍着自己的胸口，"噢，他太英俊了，我不能看。"说完，她转过身去，用小拇指指了指在站台边上散步的一对夫妇，接着问道："那两个呢？"

"我听到阿克曼先生跟他们打过招呼。他们姓佐佐木，我猜他们是日本人。"埃里克说道。

那对夫妇停下了脚步，看着一只鸵鸟从铁轨上飞奔而过。佐佐木先生举止沉稳，身上穿着一件剪裁考究的海军蓝夹克和一条深色的牛仔裤。他走路的样子缓慢从容而且颇具威严。佐佐木夫人戴着一顶太阳帽，她娇小的身子上披着一件宽松的酒红色亚麻布罩衫。她轻轻地对着她的丈夫说了句什么，便把头靠在了他的肩上。佐佐木先生把手放在妻子的额头上，然后握住她的手腕，接着看了看自己的手表。

"他是一名医生。"哈里森说道。

"你怎么知道的？"贝丽尔问道。

"他在测量她的脉搏。"哈里森又说道。

"观察得真仔细。"埃里克点了点头，"哈里森判断得挺准确的。"这些话让哈里森感到一阵骄傲。"我猜他是一名外科专家。那块手表价值不菲，鞋子应该是找设计师定做的。如果他确实从医，那他肯定是行业里的顶尖人物。再看看他的手——完美无瑕。外科医生通常会很小心地保护自己的双手。"说完，埃里克朝哈里森投去了一个挑战的眼神。

"噢，无聊！我写过太多的医生角色了，写死过的都有一大堆了。"贝丽尔闭上了眼睛。"我要把他写成一个杂技演员，一个能把脚放在耳后、能钻进狭小空间的柔术演员。是的，这在悬疑小说里特别有用。而他的夫人，她可以是一个飞刀手，"她从夹克口袋里掏出一个笔记本和一支笔，一边在上面潦草地写字，一边夸张地说道，"我就当他们是从马戏团里逃出来的。"

埃里克·洛夫乔伊挑了挑眉毛，看了一眼哈里森和纳撒尼尔舅舅。

忽然，一声很大的响声传来，他们都朝声音发出的地方转过身去。

一个穿着花哨的条纹夹克和粉红色衬衫的矮胖男人趾高气扬地走在游廊上，撞倒了放着波西亚·拉玛波阿和帕特里斯·姆巴塔饮料的小桌子。

"桌子能不能别乱放！"尽管一个穿着马甲的服务员已经在第一时间拿着簸箕和刷子跑来收拾烂摊子了，可那个矮胖的男人还是操着美国口音冲他吼了一通。

波西亚·拉玛波阿站起身，擦拭着衣服上的一块深色污渍。"你难道什么礼貌都不懂吗？"她朝那个矮胖的男人抱怨道。

帕特里斯·姆巴塔跳起来，挺起了胸膛。波西亚连忙把一只手放在了他的胳膊上。那个矮胖的男人微微眯起眼睛，半露出那双冷酷的蓝色眼睛。"你是想要一件新衣服吗，亲爱的？我给你买一件就是了。"他故意显出和波西亚很亲近的样子说道。

波西亚没有回答。她惊讶地张着嘴望着那个男人。显然，她和帕特里斯都认识那个人。

"阿米莉娅！"那个矮胖的男人对站在旧售票处门口的一个女人喊了起来。那是一个肤色苍白、身体瘦弱、满头金发的女人，她正在向行李搬运工交代事情。那个矮胖的男人等把她叫过来后，指了指波西亚，说道："记一下这位女士裙子的样子，我要给她买一条新的。"说完，他哼了一声，转过身，朝一张空桌子走了过去。

"哟嚯，我知道那是谁了！"贝丽尔·布拉什小声说道。

"我们都知道那是谁。"埃里克·洛夫乔伊嘟囔道。

"默文·克罗斯比，"纳撒尼尔舅舅对哈里森说道，"美国的媒体大亨。那是他的妻子——阿米莉娅·克罗斯比，得州的社交名媛。而那位，一定是他们的女儿——妮可。"

一个十几岁的女孩无精打采地倚在门框上，好像累得走不动路了。她穿着一条牛仔裙和一件白色的 T 恤，留着长长的金色卷发。

"媒体大坑是什么？"哈里森问道。

"是大亨。那是拥有几家报社和电视公司的人。默文·克罗斯比是个很有权势的人。"贝丽尔纠正道。

"听他现在说话的口音……"埃里克盯着默文·克罗斯比宽阔的后背，咬着嘴唇说道，"你们可能永远也不会知道他其实是南非人。"

"他十八岁时身无分文来到纽约，最后却成了世界上最富有的人之一。白手起家的故事不都是这样吗？"纳撒尼尔舅舅说道。

埃里克点了点头，表情显得有些僵硬。"他和我一样，在约翰内斯堡长大。他发家的经历可不怎么光彩。"他说道。

"他的电视节目全都俗不可耐。"贝丽尔·布拉什酸溜溜地说道，她的样子看上去很像咬了一口柠檬，"他们拒绝了根据我的《迪尔德丽侦探》改编的系列剧。有人告诉我，默文·克罗斯比说我的书是过时的无稽之谈。"她气得鼻孔都张大了。"那个男人只对减肥和整容的真人秀节目感兴趣。送上门的优质剧集他都认不出来！"她继而愤愤地说道。

她的大声抱怨被蒸汽机尖锐呼啸般的汽笛声打断了。

哈里森的心随着噗噗作响的活塞怦怦直跳。大伙儿转过身，看着游猎之星号驶入了车站。

第四章

非洲五大兽

　　空气中弥漫着煤尘的味道，这种气味让哈里森想起了自己在高地猎鹰号上的旅行。他把椅子向后推了推，跑下了站台。

　　火车头刷着像森林一样的绿色油漆，烟囱、烟箱和踏板全都是黄色的，在阳光下闪闪发亮。哈里森的脑海里出现了"珍妮斯"三个字——这是这台火车头的名字，舅舅告诉他的。在此之前，哈里森从来没有见过这么高大的蒸汽机车。这个火车头的煤水车比哈里森之前见过的高地猎鹰号的煤水车要长很多，它的高度有两个男人那么高。哈里森拿起速写

41

本，用炭笔画了个同心圆，并在中间画了一个把手。接着，他又画出了火车头两侧高高的黑色流线型挡板，就像在珍妮斯的圆脸旁画上了向上翻起的领口一样。

"它配置的是 484 型车轮。"哈里森一边说，一边画出了车轮和活塞之间的连接杆。与此同时，纳撒尼尔舅舅走过来，站在了他的旁边。"我还从来没有见过这样的火车头。"哈里森说道。

"珍妮斯是一辆南非 25NC 型列车，最早生产出来就是为了在灼热的沙漠中运送货物，它是商业的化身。"纳撒尼尔舅舅说道，他对哈里森的话颇为赞许。

"卓越的性能使珍妮斯堪称一头美丽的猛兽。"埃里克也走了过来，"修复工作做得太棒了。阿克曼先生团队里的成员个个都是艺

术家。"为了表示满意，他还重重地点了点头。

"弗洛确实能称得上是一个艺术家。她对火车头充满了激情。"纳撒尼尔舅舅说道。

"布拉德肖先生！"就在这时，弗洛从驾驶室里探出了身子，朝他们挥了挥手，问道："想上来看看吗？我之前不是答应过要带你们来驾驶平台转一转吗？"

哈里森啪的一声合上速写本，一跃跳上了驾驶平台旁的小梯子。纳撒尼尔舅舅和埃里克跟在他的身后，也踏上了小梯子。对于这样的邀请，他们求之不得。

哈里森登上了驾驶平台。"谢了。"他对弗洛笑了笑说道。

"这是希拉和格雷格。"弗洛提高了嗓门，努力要盖过锅炉发出的咝咝声。

希拉是个身材精瘦的女人，黄褐色的皮肤，短短的头发，身上穿着绿色的马球衫①和休闲裤，这会儿正站在控制台前。哈里森猜她就是火车司机。格雷格则是一个矮胖的男人，棕色的皮肤非常粗糙。他穿着和希拉一样的制服，戴着一顶脏兮兮的帽子。"他们可是林波波河一带最好的驾驶员组合。"弗洛笑着

---

① 马球衫是 polo 衫的一种，左前胸部位有马球协会的标志。——编者注

说道。

"嘿！"正当埃里克准备伸手去摸调节器时，弗洛一巴掌拍在了他的手背上。"用眼睛看就行了，别上手。小心被烫到。"她对埃里克说道。

"当然。对不起。"埃里克低下头，突如其来的训斥让他有些尴尬。看着这个大人像孩子一样对各种事情充满好奇，哈里森反倒觉得一阵温暖。"我还从来没有登上过这么令人震撼的火车头驾驶平台。"埃里克喃喃地说道。

"你肯定得铲很多煤吧？"哈里森对格雷格说道。

格雷格摇了摇头，他对哈里森说道："珍妮斯有一套加煤器，那是一个在我们脚下进行螺旋式运动的巨大装置。火车开始运转后，它会收集煤水车中的煤，并把它们直接输送到燃烧室的正中心。"

"它是在格拉斯哥制造的，对吗？"纳撒尼尔舅舅一边欣赏着驾驶室，一边问道。弗洛点了点头。

"哦，是在苏格兰制造的？"哈里森感到有些吃惊。

"是的，北不列颠机车公司制造的火车头远销世界各地。珍妮斯说不定是坐船来非洲的。"纳撒尼尔舅舅说道。

"那肯定是一艘巨大无比的船，珍妮斯可不是一般的沉。"哈里森说道。

"有些船在路途中沉了，至今仍有一些蒸汽火车头沉睡在海底。"纳撒尼尔舅舅不无可惜地说道。

"好吧，我们这趟旅行中肯定不会出现这样的事情。这里的水都快不够加满珍妮斯的煤水车了。蒸汽机车在南非快要消失了。"弗洛说道。

"我乘坐过通过火车下方的水槽给火车加水的 A4 太平洋型蒸汽火车。"哈里森说道。

"水在非洲非常珍贵，可是珍妮斯的煤水车这么大，需要很多水。"弗洛说道。

"珍妮斯需要超过五十吨的水和十九吨的煤，是 A4 型蒸汽机车的两倍多。"埃里克看着哈里森啧啧说道。

"一边驾驶着火车，一边从驾驶平台上看着外面的大象和犀牛，我真想不出还有什么比这更美好的事情。"纳撒尼尔舅舅对希拉说道。

"我看到过大象和狮子，但还从来没见过犀牛，它们都快被猎杀殆尽了。不过，犀牛岩倒是总能看到。"希拉说道。

"犀牛岩？"哈里森问道。

"那是一块巨大的岩石，从南边看过去很像一头长着角的雄性犀牛。由于太过栩栩如生，岩石被猎人们的子弹打得弹痕累累。每次我们经过它时，乘客们都会以为看到了真正的犀牛，都抢着拍照留念。"

"哪有人会把一块石头当成犀牛。"埃里克哈哈大笑起来。

"明天晚上，列车驶过穆克茨后，我们会经过一段巨大的弯道——胡克急弯。到时候你们可以自己判断一下。你们肯定不会错过那样的奇观的。"格雷格说道。

"你们难道不会告诉乘客那其实只是块石头吗？"哈里森问道。

"不会。他们一个个都开心得不得了，都以为自己在野外看到了真正的犀牛。何必让大家失望呢？"弗洛说道。

一位面带微笑，梳着辫子，穿着同样绿色制服的列车员从驾驶平台上接走了哈里森他们，领着他们穿过站台，向车厢走去。"到了，先生们。"她打开第九节车厢正中间的一扇门，伸出一只戴着白手套的手，示意他们走进车厢。"你们的行李已经放进车厢了。"她微微笑着说道。

哈里森踏上台阶，急切地想要看看车厢里的样子。只见车厢走廊里铺着樱桃红色的木地板，不过手推车和手提箱在地板上留下了无数划痕，走廊里铺着的深绿色地毯上也缝着不少破旧的补丁。

"你们和布拉什女士在同一节车厢。"列车员把他们领到了一扇门前，"这是你们的豪华套房。"

"豪华套房？我还以为是标准间。"纳撒尼尔舅舅皱着眉头说道。

"阿克曼先生希望你们能在游猎之星号上获得最好的体验。"说着，她递给纳撒尼尔舅舅一把拴着皮链的铜钥匙。"我叫卡雅。"她在发自己名字的音时注意强调了一下重音在前面，"如果你们有什么需要，拉一下铃绳就好，我很高兴为你们服务。今天乘坐我们这趟车旅行的客人很少，五月份才是旺季。"之后她鞠了一躬，往后退了几步。"一小时后，阿克曼先生将在火车尾部的观光车厢欢迎所有乘坐游猎之星号的乘客。他诚挚地邀请你们准时到场。"说完，她又微微一笑。

"谢谢你，我们会准时去的。"纳撒尼尔舅舅说道。

卡雅又微微鞠了一躬，随后便离开了。

"豪华套房？那肯定很大。"纳撒尼尔舅舅看着哈里森说道。

哈里森打开门锁，一把将滑动门推开。"哇哦！"他迈步走进房间，一会儿看看左边，一会儿看看右边。在他面前是一张小桌子，上面放着一个银盘子，里面装着三明治和水果。桌子两边各有一把扶手椅，正上方挂着一台平板电视。房间的右边是两张床。床的对面则是一套嵌入式衣柜和抽屉。"我们有真正的床了！"哈里森大叫着扑倒在靠窗户的那张床上。"我可以睡这张床吗？"他翻了个身，对着刚刚打开包厢尽头一扇房门的舅舅大声喊道。

"你想睡哪张床就睡哪张床。"

"你在看什么？"哈里森跳到舅舅的身边，从舅舅胳膊的下方看了过去，"哇，我们还有独立浴室！还有浴缸！噢，这里真是太豪华了！"他想象着在火车上泡澡的美好画面：火车在铁轨上哐当哐当地行驶，浴缸里的水花也随之飞溅起来。"那是什么？"他指了指包厢另一端的一扇门问道。

"我觉得那应该是一扇连接门。它肯定直通贝丽尔的房间，很可能已经锁上了。"纳撒尼尔舅舅一边说着，一边拿着包走到抽屉边，把几本书和日记本放了进去。"游猎之星号曾经是世界

上最迷人的火车之一。它虽然现在看起来有些老旧，但以前确实极尽奢华。我能理解为什么阿克曼先生希望我写一

写这列火车了：他需要更多愿意花钱买票的客人。"舅舅说道。

哈里森坐在桌边，拿起一小块三角形的黄瓜三明治塞进嘴里。

"纳撒尼尔舅舅……我有件事要跟你说。"他咽了口唾沫说道。

"出什么事了？"纳撒尼尔舅舅从眼镜上方看了看他。

"我不确定。"哈里森拿出速写本，放在了桌上，"我看见阿克曼先生在做一些奇怪的事情。"他指了指自己的画。"他从这个人那里收了一卷钱，很大的一笔钱。他们当时还躲在树丛里，看起来非常不愿意被人发现，就好像他们在……"哈里森停顿了一下说道，"犯罪。"

纳撒尼尔舅舅走过来，低头看了看本子上的画。"真奇怪。"他若有所思地说道。

"你觉得我们有必要告诉埃里克·洛夫乔伊吗？"

"老天！别，哈里森，他才刚刚退休。他乘坐这趟列车就是为了好好休息一下。"纳撒尼尔舅舅微微一笑，"火车甚至都还没出站，你就在寻找有待侦破的案件了，但这很可能不是什么犯罪。"他指了指哈里森的画。

"也许是行贿。他可能在勒索某人，或者卖一些违法物品，又或者……"

"打住！你说的没错，这些都有可能。事实上，这位可疑的绅士之所以要付钱给卢瑟·阿克曼，很可能是他想给自己母亲的秘密生日派对准备一个大蛋糕！"纳撒尼尔舅舅哈哈大笑。

哈里森皱着眉头，对纳撒尼尔舅舅的打趣有些不满。

"说实话，哈里森，我们不知道他们在干什么。别一开始就妄下结论。"舅舅收起了笑容，认真地说道。

"我没有要指控任何人，"哈里森辩解道，"至少在找到证据之前，我不会这么做。但我很清楚，我看到了不寻常的事情，阿克曼先生肯定在谋划着什么。"说完，哈里森低头看了看自己的画。

"很有可能，但他同时也是这辆火车的主人，是他给我们提供了这间包厢。"舅舅拉开一个抽屉。"噢，你看！"他拿出一架双筒望远镜，"你可以用这个寻找非洲五大兽。"

哈里森拿起双筒望远镜，意识到纳撒尼尔舅舅正在转移话题。"我一直听人们提起'非洲五大兽'，那到底是什么？"他看了看望远镜问道。

"那是每个人都希望在游猎中看到的动物：狮子、豹子、非洲水牛、非洲大象和犀牛。"纳撒尼尔舅舅扳着手指数着说道。

"可为什么是这五种动物呢？南非有那么多动物——我已经看到不止五种了。"

"这是按照捕猎年代确定下来的最难猎杀的五种动物。桌上有一本书。"舅舅边说边打开了衣柜和手提箱。

哈里森拿起那本书。"《南非动物》。"他大声念出书名，并随手翻了几页。"嘿，这是奇波！这上面说，獴和猫鼬是亲戚。"他停顿了一下，"咦，恶心！它吃蜥蜴和蜘蛛！"

"奇波是谁？"

"我之前遇到的一只獴。它的主人温斯顿是这列火车的游猎向导的儿子。就是奇波带我去的那片空地，我才看到了阿克曼先生。"他看了看舅舅说道。

纳撒尼尔舅舅叹了口气。"小心一些，哈里森。卢瑟·阿克曼知道你是一名老练的侦探。如果他真有什么计划，他肯定会盯着你的。我觉得你最好还是别管了。我们为什么不好好享受这趟旅行呢？"舅舅微微笑着说道。

没想到，连纳撒尼尔舅舅对这些事情都不感到好奇了。为什么每个人都这么担心会惹恼阿克曼先生呢？哈里森可不害怕——如果他真做了违法的事，哈里森一定会将他绳之以法。"夏洛克·达·芬奇盯上这个案子了。"他自言自语道。

"什么？"

"我说……"哈里森露出明朗的笑容，一字一顿地说道，"我们可别迟到了。"

第五章

火车经理的讲话

　　前往观光车厢的路上，哈里森听到了一阵喧闹声，很明显，身旁这间包厢里的一男一女正在争吵。

　　"我简直不敢相信，你居然会跟我提这样的要求！"男人吼道。

　　"我希望你能礼貌一些，"哈里森听出了波西亚·拉玛波阿命令一般的语气，他停下来仔细听了听。"别让他成为这趟旅行的焦点。"波西亚继续说道。

　　"在他那样对待我之后？你指望我面带微笑地坐在那里，看着他像一头银背大猩猩一样上蹿下跳？如果我知道他也在这列火车上……"男人说道。

"我就是希望你能这么做。"波西亚打断了他。"你不是一名演员吗？那就好好演。这不仅仅关乎你的尊严，"她的声音温柔了不少，"求你了，就当是为了我。"

"哈里森，你不来吗？"纳撒尼尔舅舅已经走到了走廊尽头，这会儿正回过头看着他。于是，哈里森急忙向前走去，他可不想被人发现他在偷听。

观光车厢两侧都是高大的窗户，整节车厢明亮又通透，一张张锦缎扶手沙发背靠着窗户依次排开。贝丽尔·布拉什正舒舒服服地斜倚在靠近车厢尽头的一张沙发上。旁边的玻璃门外便是伸至铁轨上方的露台。哈里森看见卢瑟·阿克曼站在一个身材高大的女人身边。她穿着一套迷彩衣裤，背上背着一把枪，皮带系得很高，让她显得更加高大和威严。哈里森猜她就是温斯顿的妈妈。看到蹲在贝丽尔身后角落里的温斯顿时，哈里森向他挥了挥手。

克罗斯比夫妇坐在贝丽尔的旁边，默文·克罗斯比正在心不在焉地挖着鼻孔，他的妻子和女儿看起来百无聊赖。埃里克示意哈里森和纳撒尼尔舅舅可以坐在他对面的沙发上。佐佐木夫妇坐下时很有礼貌地朝大家点了点头，算是打了招呼，他们报上了自己的名字——佐佐木亮和佐佐木皋月。哈里森很想问问佐佐木亮到底是不是外科医生，但他终究还是忍住了。

"啊，姆巴塔先生、拉玛波阿女士，欢迎你们。请坐！"当波西亚和帕特里斯走进房间时，卢瑟·阿克曼颇为做作地向他们表示了欢迎。帕特里斯强忍着愤怒，僵硬地往前走着，而波西亚却是一副泰然自若的样子。

"既然大家都到了，那我就开始吧！"卢瑟迈步走上前来。他身后的双扇门仿佛相框一般，让他嵌进了照片中。

"这不会就是所有的乘客了吧？"哈里森小声对舅舅说道，"还有那么多空座位！"

纳撒尼尔舅舅还没回答，就见卢瑟拍了拍手说道："欢迎乘坐阿克曼铁路公司最豪华的列车游猎之星号！我是你们的火车经理，有我在，你们的这趟旅程必定终生难忘。我们很高兴各位选择与我们一同旅行，并期待与各位分享南非和津巴布韦的野生宝藏。"

"今天，我们会向东行驶，穿过姆普马兰加平原，然后再翻

过德拉肯斯山脉中几座较低的山峰。晚上，我们将转向，往北走，前往位于享誉全球的克鲁格国家公园旁的胡德斯普鲁特车

阿米莉亚·克罗斯比

波西亚·拉玛波阿

默文·克罗斯比

帕特里斯·姆巴塔

站，以确保明天能够准时开始游猎之旅。这座公园大约占地两万平方千米，里面栖息着数百种哺乳动物和鸟类，其中就包括

卢瑟·阿克曼

利阿娜·索索贝

妮可·克罗斯比

贝丽尔·布拉什

佐佐木皋月

佐佐木亮

埃里克·洛夫乔伊

非洲五大兽。所以，请各位务必带上双筒望远镜。"卢瑟继续向大家介绍着行程。

旅客们纷纷低声表示期待。

"明天午后，我们会回到火车上享用下午茶，然后再向北前往拜特布里奇。等各位第三天早上醒来时，我们应该已经抵达南非和津巴布韦的边境了。吃完早餐，办理完必要的手续后，我们将继续沿着津巴布韦美丽的风景区前行，直到深入万盖国家公园，为下午的游猎做好准备。第四天早上，我们将会开启这趟旅行最激动人心的终章，穿过令人叹为观止的维多利亚瀑布大桥，抵达我们的终点——赞比亚。"

"各位将在舒适的五星级豪华套房里见证大自然最伟大的奇迹。除此之外，你们还会有很多机会近距离接触野生动物。当然，全程都会有专业人士指导各位。为此，我们专门请来了经验丰富、知识渊博的动物学家利阿娜·索索贝。"

温斯顿的妈妈往前走了一步。"谢谢你，阿克曼先生，"她微微一笑，"我很荣幸能在这次旅程中带领大家开展两次游猎之旅，这也是我的职责所在。在这次旅行中，大家将会看到各种各样的野生动物。这么说可能有些多余，但这些都是野生动物。

下了火车，进了公园，各位就必须听从我的指挥。大自然非常美丽，但也十分危险。虽然在陆地上，我们也必须时刻心怀敬畏、小心谨慎。"

"所以你带了一把枪？"贝丽尔盯着那件武器问道。

"不到万不得已，我是不会用枪的，"利阿娜伸手扶住了皮带，"这是用来保护你们的。事实上，我不得不告诉大家的是，一旦动物发起攻击，用麻醉枪是很难在短时间内将其制服而救各位一命的。"

"我懂了！"贝丽尔瞪大了眼睛。

"我会保护你的。"默文·克罗斯比俯身越过妻子，拍了拍贝丽尔的膝盖，"我是一名神枪手。"他抬头看着利阿娜。"没有什么能比打猎更让人热血沸腾的了，我说的没错吧？"他歪着嘴笑了笑说道。

"乘坐阿克曼铁路公司的火车旅行时，除了我，任何人都不允许携带或使用枪支。"利阿娜语气威严地说道。

"噢，得了吧，"默文嘲弄道，"我是个一流的猎手。驼鹿、麋鹿、熊、浣熊……我全都杀过！"他骄傲地拍了拍自己的胸口。

"我们还是说回日程吧！"卢瑟插进来，用不容置疑的语气说道。与此同时，他紧张地看了一眼利阿娜——这位动物学家正怒气冲冲地盯着默文。

"嘿！你给我听好了，"默文没有理会卢瑟，自顾自地继续说道，"这么多年来，我一直在非洲狩猎大型动物。区区几头狮子可吓不倒我。我家的墙上挂着非洲五大兽中四种动物的脑袋——就缺一头犀牛的了。要是能把五大兽都集齐就好了。所以我才会带着枪，这也是我乘坐这趟火车的原因。"

车厢里的其他人都震惊地看着默文·克罗斯比，可谁也没有说话。到头来，还是帕特里斯咬牙切齿地挤出了一句话："犀牛是地球上最濒危的物种之一。"与此同时，波西亚把手放在了他的胳膊上。

"不会比杀死一头大象更难了。"默文轻描淡写地说道，他似乎把帕特里斯的怀疑当成了对自己的敬佩，"你想看看我捕杀的那头大象有多大吗？我这儿有照片，你看！"说着，他从衣服口袋里掏出了手机。

"够了，老爸！没人会想看你的猎物。"默文的女儿妮可双手抱住脑袋说道。

"克罗斯比先生，我用枪，"利阿娜说道，"是为了挽救生命，而不是猎杀生命。这不是狩猎探险，而是一趟铁路旅行。在我们的旅程中，你不能射杀任何动物。不仅我不允许，法律也是严令禁止的。"

"如果我付钱呢？"默文没有理会她，而是转头对卢瑟说道，"我可以出双倍的票价，我们一家三口的票价都可以按双倍出，如果你允许我乘坐火车打猎的话。"他指了指自己的家人。"另外，如果我真能捕获一头犀牛，我会额外付一笔钱，让你把犀牛尸体绑在火车顶上，这样我就可以把它运回家了。"说完，他狡黠地一笑。

"这恐怕行不通。"卢瑟说着，脸上挤出了一丝勉强的微笑，"首先，这是违法的；其次……"

"谁会知道呢！行了，每个人都有自己的价码，"默文掏出钱包，"如果我付三倍呢？四倍？"

"……克罗斯比先生，"犹豫了一下后，卢瑟再次露出微笑，并将双手合在了一起，"我觉得我们已经跑题了。这件事情我们可以私下再谈，你待会儿到我办公室来好吗？火车经理的包厢就在休息室的另一边。我可以给你详细说明一下我们的狩猎政策，此外，恐怕还得请你把枪一并带过来。我们会……代为保管，当然，只是在这次旅行期间。"他拍了拍手，表示这个话题到此为止。接着，他对大家笑了笑，说道："对于南非和津巴布韦的野生动物，利阿娜可以说是无所不知，无所不晓。各位在旅途中有任何问题，都可以向她请教。"卢瑟成功转移了话题。

利阿娜冷冷地望着默文，可他要么就是一点儿也不在乎，要么就是根本没有注意到有人正盯着自己。

"现在，我想我们该举杯了……"卢瑟从贝丽尔身旁架子上的冰桶里拿出一瓶香槟，"为我们伟大的铁路之旅干一杯吧！"

卡雅端着一盘空杯子走上前来。卢瑟打开香槟瓶塞，斟满了一个又一个酒杯。在场的乘客们纷纷礼貌地鼓起了掌。

人们开始彼此交谈，在觥筹交错间互相做起了自我介绍。不过，谁也没有跟默文说话。就在这时，温斯顿突然出现在了哈里森的旁边。

"纳撒尼尔舅舅，"哈里森扯了扯舅舅的袖子，"这是温斯顿和奇波。"

奇波一下子跳上了沙发扶手。

"很高兴见到你。"纳撒尼尔舅舅对温斯顿笑了笑，然后把视线投向了奇波，"你还真有一只獴。多好看啊！它已经被你驯服了吗？"

"它叫奇波。"温斯顿开心地笑了起来。"它一向随心所欲。我试过训练它，可是……"他耸了耸肩膀说道。

"打扰一下，纳撒尼尔，你还没见过波西亚·拉玛波阿吧？"埃里克凑过来问道。纳撒尼尔舅舅连忙站起身来。

温斯顿在哈里森旁边的沙发上坐了下来。他瞥了一眼阿克曼先生，这位火车经理此刻正笑眯眯地与贝丽尔一起品着香槟。"有件事我想我应该告诉你。"他压低声音对哈里森说道。

"关于阿克曼先生？"哈里森低声问道。

"我们换个地方说，"温斯顿说道，"跟我来。"他把奇波抱起来，放在了自己的肩膀上。火车颠簸着向前驶去，汽笛声也响了起来。哈里森咧嘴一笑，那种似曾相识的感觉回来了。

第六章

蜘蛛大餐

哈里森跟着温斯顿溜出了观光车厢，向前排车厢走去。奇波跑在了最前面。

"我们这是要去哪里？"

"一会儿你就知道了。"

"你听到那位可怕的克罗斯比先生说他要射杀犀牛了吗？"

"他是个战利品猎人。"温斯顿嘲讽道。

"那是什么意思？"

"花钱打猎，但又不正儿八经打猎的人。有人会开车把他们送到动物附近，他们只要开枪射杀就行了。然后，他们会把动物的皮毛或头颅带回家，以此吹嘘自己有多么勇敢。"他做了个鬼脸，"我讨厌这种人。"

"为什么会有人想做这种事情？"

温斯顿耸了耸肩膀。"我猜是为了让他们觉得自己很强大。但这不是真正的追踪和狩猎。我真想把克罗斯比先生的枪拿走，然后把他和一群狮子捆在一起，到时候我们就知道他到底有多勇敢了。"他说完哈哈大笑起来。

不一会儿，他们便来到了位于火车中部的休息室。这里的窗户很宽，地上铺着一条穿插着金色丝线的橄榄色地毯。两个吊扇挂在象牙色的天花板上，缓缓地转着。一架竖式钢琴靠在墙边。钢琴的对面是一个长长的吧台，酒架上的瓶子随着火车的移动发出轻轻的叮当声。

奇波跳上吧台跑了过来，最后蹿到了温斯顿的肩膀上。

"这趟游猎之旅没有多少乘客。"哈里森一边说，一边默默数了数休息室里皮椅子的数量，"这列火车还能坐下很多人。"

他们走过一张躺椅，椅子表面的接缝处已经裂开，里面的填充物都露了出来。"以前旺季的时候会有很多人，但老妈说阿克曼铁路公司已经不那么景气了。而有钱人总希望一切都是完美的。"温斯顿说道。

"我觉得游猎之星号很棒。"说话间，哈里森注意到一个低矮的书柜里堆满了棋具、扑克牌和破旧的平装书。看到纳撒尼尔舅舅的一本书也在其中，哈里森忍不住笑了出来。

"妈妈担心如果再这么萧条下去，她很可能就要失业了。不过，我倒是很高兴今天车上的乘客不多。如果火车满员了，我就不能来了。"

"阿克曼先生之所以送给我舅舅两张票，就是希望他能写一篇有关游猎之星号的文章发表在报纸上。说不定等人们读过那篇文章后，来的人就多了。"哈里森说道。

"那取决于他会写什么。"

哈里森在一阵沉默中与温斯顿一起离开了休息室，他确实不知道纳撒尼尔舅舅对这列火车有什么看法。

"如果买票的人多了，阿克曼先生就可以拒绝默文·克罗斯比那样的人了。"

"不会真的允许他射杀犀牛吧？"哈里森问道。

温斯顿摇了摇头，说道："他能见到一头犀牛就算走运了。

这里真没剩下几头犀牛了。"

"没有人保护犀牛吗？"

"大部分时候有，但这很复杂。有些保护区持有特殊的许可证，他们会专门饲养犀牛，供人们捕猎。这笔买卖可赚钱了。不过，这么做确实在一定程度上拯救了这个物种。最坏的是偷猎者，他们会闯入野生动物保护区，猎杀犀牛，抢夺犀牛角。"

"犀牛角？"

"一只犀牛角的价格甚至超过了同等重量的黄金。偷猎者会杀死犀牛，然后把犀牛角锯下来卖掉。"他摇了摇头说道。

"为什么犀牛角这么值钱？"哈里森感到非常惊讶。

"因为它很稀有。有钱人会把它做成各种首饰戴在身上，这样所有人都能知道他们很有钱了。"温斯顿耸了耸肩，"还有一些人认为犀牛角有治病功能。他们会把它磨成粉末，然后当药吃掉。"温斯顿说道。

"有用吗？"

"妈妈说他们还不如吃沙子。"温斯顿摇了摇头，叹了口气，"还有一些就是彻头彻尾的坏人，他们享受杀戮。我觉得克罗斯比先生就是个坏到骨子里的人。"说完，他从眼镜上方看了看哈里森。

哈里森点了点头，说道："他确实很粗鲁。"

"而且他的脸比狒狒的屁股还丑。"

哈里森哈哈大笑。

"这是我的包厢。"经过一个包厢门口时，哈里森说道。

"漂亮！豪华套房。"温斯顿并没有停下脚步，哈里森很好奇他们到底要去哪里。

他们经过了餐车，然后是服务车厢——厨具之间刺耳的碰撞声盖过了车轮与铁轨碰撞出的单调的咣当声。再往前的车厢非常老旧，看起来近期还没有像乘客车厢那样被整修过。车厢里的油漆被剐花了，地板上铺的不是地毯，而是一张破烂的油毡。温斯顿推开其中一间包厢的门，奇波率先冲了进去。"这是我和妈妈的房间。"温斯顿说道。

包厢里有两张用螺栓固定在墙上的床铺，包厢里的温度高得让人有些受不了。温斯顿两手抓住车窗的边缘，将窗户玻璃推进了下方的凹槽内。顿时，一阵风吹了进来。闻到夏日树木的清香，哈里森露出了笑容。

奇波纵身跳到了下铺，哈里森则在它的旁边坐了下来。"嗯……"哈里森不解地看着温斯顿，"我们为什么来这里？"

"奇波饿了。"温斯顿答道。只见他盘腿坐在地板上，拿起地上的一个帆布背包，从前面的口袋里掏出了一个透明的塑料盒子。"你不怕蜘蛛吧？"他打开盖子，"别担心，都是死的。"他掏出一团蜷缩着的长着黑腿的东西。"嘿，奇波，快看——美味的蜘蛛。"说着，他把手里的东西递给了奇波。

哈里森着迷地看着那只獴从温斯顿的手指间抓起蜘蛛，塞进了自己的嘴里。他问道："你从哪里弄来的？"

"你以为我遇见你时在树林里干什么？"温斯顿咧着嘴笑道，"我还有一些很多汁的。"他一边说，一边从盒子里拿出了一只更大的蜘蛛。哈里森连忙往后退了退。

"你说你发现了阿克曼先生的什么事情？"哈里森略带催促地问了一句。窗外向后飞驰的树木在包厢里投下了斑驳的阴影。

"是的。"温斯顿说着，眼睛一亮，"我帮行李工搬完大包小包后，他们让我去跟阿克曼先生说一声可以准备出发了。等我走到他办公室门口时，我听到他正在打电话。"

"你听到什么了？"

"他说……"温斯顿闭上眼睛，将脑海中重新浮现出来的那段话一字一句地复述了一遍，"里昂先生，我知道风险很大。可

71

计划已经制订好了，而且还做了特别的安排。你的客户绝对不会失望的。我向你保证。"

"里昂先生是谁？"哈里森大声问道，但他立刻想起了那个给阿克曼先生钱的男人。

"不知道。你是侦探，我以为你会弄明白呢！"温斯顿笑嘻嘻地说道。

哈里森咬着嘴唇不解地说道："听起来很像是阿克曼先生收了里昂先生的钱，准备帮他做什么违法的事情。真想知道到底是什么……"

温斯顿又喂奇波吃了一只蜘蛛。"你给它喂食的时候，我可以给它画一张画吗？画画能帮助我思考。"哈里森说道。

"当然。它也只有吃东西的时候才会老老实实地坐着。"温斯顿答道。

哈里森拿出了他的速写本和炭笔。他一边画着奇波心形的脑袋，一边想着那通电话的内容。卢瑟·阿克曼显然在为这位神秘的里昂先生工作，但他做了什么"特别的安排"呢？"计划"又是什么？很快，他便画好了奇波三角形的小耳朵和它琥珀色眼睛周围的阴影。"很多人都会养獴吗？"他停下手中的笔问道。

"没有。我很小的时候奇波就跟我在一起了。它的巢穴被一只老鹰袭击了。奇波的妈妈为了保护自己的孩子而被老鹰抓走了。妈妈发现了奇波，就把它带回了家。其他的幼崽都没能活下来。我帮它断了奶。等我们想把它放回野外时，它反而不想走了，"他用手指揉了揉奇波的下巴，"它应该是把我和妈妈当作了它的家人。"

"你妈妈教你帮它断奶？"

"我是在爷爷奶奶的自然保护区长大的。我们会照顾各种各样的动物。"温斯顿自豪地说道。

"你们现在不住在那儿了吗？"

"爷爷奶奶去世后，我们不得不卖掉了保护区。我们现在住在比勒陀利亚的一栋公寓里。我妈妈是一名游猎向导，还是一名兼职兽医。我老爸是一名水管工。不过我们正在努力攒钱。总有一天，我们要把保护区买回来，并在里面养满各种动物。我就想成为一名兽医，和我老妈一样。"他又喂了奇波一只蜘蛛，"相比于人，我更喜欢动物。"

"这一点我能理解。"哈里森用小拇指抹了抹刚刚画好的奇

73

波的鼻子，情不自禁地想起了他的狗——贝莉。

　　就在这时，包厢的门突然开了。利阿娜·索索贝走了进来，她面带微笑地看着两个孩子说道："看来你已经交到朋友了，温斯顿？"

　　"妈妈，这是哈里森。"温斯顿站起身说道。

　　"我刚刚见过你舅舅，哈里森。我们就觉得你们三个肯定在一起。"利阿娜笑了笑说道。哈里森瞪大眼睛，看着她把枪的背带举过头顶，把枪从身上卸下

来。"别担心，枪没有上子弹。我一般都会带着这把来复枪和客人见面，这样更能让他们知道野外非常危险。"她蹲下来，从铺位下拉出一个木箱。"通常，这样都能让人们按照我说的去做，可今天这一招不管用了。"她一边说着，一边打开盖子，把枪放在了一个装着子弹的小纸盒的旁边。"好了，收好了。"她关上箱子，笑眯眯地看着两个男孩。

"你在画画吗？"她问哈里森。

哈里森把速写本转了个方向举了起来。

"是奇波！画得真好！"利阿娜赞叹道。

"让我看看。"温斯顿凑了过来，"看，奇波，是你。"獴抬起头，四处嗅了嗅。

"我等不及要开始游猎之旅了。"哈里森一边说，一边合上了速写本，"我要把见到的每一种动物都画下来。"

"你会见到很多动物的。如果你按我说的做，我们还能近距离接触它们。"利阿娜说道。

"妈妈，你认不认识一位名叫里昂的先生？"温斯顿问道。

"不认识。"利阿娜皱了皱眉头，"怎么了？"

"没什么。"哈里森说着，站了起来。"看来大家都离开观光车厢了，我也该走了。"他看了看温斯顿，"晚餐时我还会再碰到你吗？"

"我们和乘务员们就在这边的服务车厢里吃饭。不过，我们明天一大早就会见面，到时候我们就要踏上游猎之旅了。"利阿娜说道。

"你最好赶快开始写作业，小伙子，如果你还想跟我们一起去的话。"她看了看温斯顿提醒道。

"遵命，妈妈。"温斯顿做出翻白眼的样子，接着帮哈里森打开了包厢的门。

"我如果发现了什么再跟你说。"哈里森低声对温斯顿说道。

在返回自己包厢的路上，哈里森又一次体会到了即将开始破案的那股兴奋劲。卢瑟·阿克曼到底想干什么？里昂先生是谁？他们的秘密计划是什么？他突然闪过一个念头，他想起卢瑟邀请默文·克罗斯比喝完欢迎酒后到他的办公室去，那么他们现在肯定正说着什么。于是，哈里森匆匆走过自己的包厢。他记起来在下一节车厢中，有一扇包厢的门上挂着一块薄薄的金属牌子，上面写着"火车经理"几个字。可当他走近时，门突然开了。默文·克罗斯比走了出来，哈里森连忙向后缩了缩。

“我就知道你很靠得住，卢瑟。”默文握着卢瑟的手说道，“噢，至于我的枪……”

“你当然可以自行保管了。”卢瑟心照不宣地笑了笑，“我在其他乘客面前必须那么说，你能理解吧？”

默文哈哈大笑道：“能。”

哈里森耸了耸肩膀。虽然很不喜欢自己的推测，但他强烈地感到自己已经知道里昂先生是谁，以及那个秘密计划可能是什么了。

第七章

不平静的晚餐

　　纳撒尼尔舅舅已经换上了吃晚饭时要穿的衣服，这会儿正坐在包厢里的桌子旁写着日记。"我稍微工作一下。你跟温斯顿玩得开心吗？"哈里森走进来时，舅舅说道。

　　"我们喂奇波吃了死蜘蛛。"

　　"太棒了。"纳撒尼尔舅舅头也没抬地说道。

　　哈里森本想跟舅舅说说自己亲眼看到阿克曼先生和默文交谈的情况，可他又不想打扰舅舅工作。于是，他打开手提箱，拿出自己准备在晚餐时穿的那条海军蓝斜纹棉布裤和一件白色马球衫，并麻利地换好了衣服。

"啊，真棒！你都准备好了，非常精神。"纳撒尼尔舅舅抬起头，看着此时正在照镜子的哈里森说道。

"纳撒尼尔舅舅，我可以跟你说件事吗？"

"当然。"他一边说，一边把钢笔放回了胸前的口袋里，"不过，我们边吃晚饭边说吧！我要饿死了！"

他们来到餐车里，发现这里还空荡荡的，只有那位退休警探——埃里克·洛夫乔伊一个人坐在一张双人餐桌旁。一名服务生迎上来，把他们带到了一张四人餐桌旁。洁白的桌布上整齐地摆放着水晶玻璃杯和银质餐具。

"我看得出来，你急着想要告诉我一些事情。"纳撒尼尔舅舅说着，与哈里森并排坐了下来，"是什么事情？我还挺好奇的。"他从旁边盘子上的面包卷上撕下一角，塞进了嘴里。

"就是……"哈里森正要把自己偷听到的对话告诉舅舅，两位当事人——卢瑟·阿克曼和默文·克罗斯比却偏偏在这个时候大步走进了餐车，后面还跟着默文的太太阿米莉娅和他们的女儿妮可。卢瑟亲自把他们领到了旁边的一张桌子旁，并为阿米莉娅拉开了椅子。"我晚些时候再跟你说。"哈里森压低声音对舅舅说道。

纳撒尼尔舅舅瞥了一眼默文，马上明白了。

波西亚·拉玛波阿和帕特里斯·姆巴塔被领到了角落里的一张桌子前，两个人看上去很平静。可刚一坐下来，他们就不高兴地窃窃私语起来。哈里森猜他们还在为帕特里斯厌恶的那个人争吵，而他已经知道那个人是谁了。

贝丽尔披着一件方格羊绒衫大步走了进来，大大方方地在埃里克对面坐了下来。"他们让我们坐在一起！"她小声说道，"他们肯定认为我们俩都是……"她往前探了探身子，清楚地说出了那个词："单身。"埃里克的脸顿时涨得通红。哈里森不得不移开视线，这才勉强忍住没有笑出声来。

不一会儿，服务员将佐佐木亮和佐佐木皐月带到了哈里森他们坐着的桌子旁。纳撒尼尔舅舅连忙站了起来，哈里森也跟着站了起来。

"晚上好。"亮说道，"我们可以和你们坐在一起吗？"

皐月微微点了点头，哈里森也学着她的样子点了点头。

"当然。"纳撒尼尔舅舅答道。随后，四个人都坐了下来。"佐佐木先生，请问你是一名医生吗？"纳撒尼尔舅舅问道。

"我是一名外科医生，还有，叫我亮就行了。"

"怎么样，"纳撒尼尔舅舅笑眯眯地看着哈里森，"哈里森猜你是一名医务工作者。"

"我看到你给佐佐木夫人测量脉搏了。"哈里森坦言道，说完他转向了皋月，"希望你不是身体抱恙。"

皋月看上去有些困惑，佐佐木亮给她解释了一下"抱恙"的意思。她摇了摇头，将双手放在肚子上。"我怀宝宝了。"她笑着说道。

哈里森和纳撒尼尔向他们表示了祝贺。与此同时，服务员为他们每个人端上了一个白色的盘子，里面盛着一小份沙拉，由三片叶菜、两个核桃、一片梨和一点点酱汁组成。

"皋月在京都的一座寺庙里工作。"亮说道，他给妻子递了一个充满鼓励的微笑。

"哦，现在还有人在寺庙工作吗？"哈里森问道。

"嗯……这个……"皋月笑了笑，并努力在脑海中搜寻着正确的字眼。"在日本，那也是一种生活方式……"她十指交叉着，"它能将大自然、祖先以及过去连接在一起。"

"日本有很多这样的寺庙，"亮说道，"它们是给神住的。那里通常非常安静祥和，很多人会去那里参观。"

默文·克罗斯比在邻桌突然大声地笑了起来。皋月的脸色瞬间沉重下来，她摇了摇头。"我们信奉的是'自然之道'，我们相信自然界的所有生灵都是神。"她喝了一口水，接着说道："有些坏人根本不尊重自然。"

"我们一直很想一起参加一次游猎之旅，但克罗斯比先生的出现让皋月很不高兴。他投资的一个项目——在京都附近的一片古老林场上建造一座超级赌场，对我们的家乡来说简直是一场灾难。皋月还参与组织了多次抗议活动。"亮轻轻地抚着妻子的手说道。

"干得好！"哈里森发自内心地说道，皋月则微微一笑。

"我好多年都没去日本了。"纳撒尼尔舅舅的脸上出现了向往的表情，"新干线是我最喜欢的铁路系统之一，令人印象深刻。"他兴奋地说道。

"子弹头火车？"哈里森问道。

"对。之所以有'子弹头火车'这个昵称，就是因为火车头部的形状像子弹，而且它行驶的速度非常快，这种火车的时速可以达到三百二十千米。"

吃完开胃菜后，服务生收走了餐盘，并为大家上了主菜。佐佐木夫妇则和纳撒尼尔舅舅聊起了日本。

"这才像话！"默文看着眼前这块生得似乎还有心跳的牛排，赞许地吼道。

"你声音小一些可以吗？我们正在说话。"埃里克转过椅子，礼貌地说道。

看到埃里克责备默文·克罗斯比，贝丽尔非常高兴，她发出了一种明显压抑着快乐制造出的声音。霎时间，餐车里的人都盯着这边。

"你们看什么看！"默文·克罗斯比吼道，"没见过有人因为吃到了一块像样的牛排而兴奋不已吗？"没有人回答。"你们等着瞧，等我给自己弄到一块美味多汁的犀牛肉排后，"他继续刺激着众人，"我要让你们好好听一听我会发出什么样的声音！"

帕特里斯一下子跳了起来，他的椅子刮着地板向后滑了一截。波西亚连忙抓住他，拉着他重新坐了下来。

"老爸，别说了，"妮可缩在椅子上，耸起来的肩膀都快遮住耳朵了，"你可真叫人丢脸！"

阿米莉娅一声不吭地坐在女儿身边，她看上去非常痛苦，也没有吃东西。

"你不会真的要吃犀牛吧？"哈里森想也没想就大声地说了出来，等他意识到时，默文·克罗斯比已经转过头来看着他了。

"你觉得它们很可爱，是吧，小鬼？我跟你说，犀牛都是杀手。它们的角就是用来打架和刺杀的。它们会把你的肉从骨头上扯下来，想都不想就把你当晚餐吃了。"说着，他切下一块牛排，大口嚼了起来，"我们和它们一样，都吃肉。我们和它们一样，也知道要先下手为强。这就是大自然。"

"犀牛是食草动物！而且，你现在吃的牛也不是哪个濒危动物，"哈里森忍着一肚子气说道，"鸡也不是，羊也不是。你也不是因为饿了才要猎杀犀牛。你想杀犀牛就是为了好玩！"

"就是这样。狩猎很有趣。你看日本人，"默文指了指佐佐木夫妇，"他们捕鲸。你们英国佬，"他朝哈里森点了点头，继续说道："你们也会狩猎狐狸和野鸡。人类自古以来就在狩猎。"

"如果你只是为了好玩就要杀死地球上的最后一头犀牛，"哈里森站了起来，"那你就是恶魔！"

"哈里森，"纳撒尼尔舅舅轻声说着，拉住了他的胳膊，"别听他的。没有人要射杀犀牛。坐下。"

"先生们，先生们，"卢瑟·阿克曼赶了过来，"各位想在晚餐时聊这个话题吗？我觉得应该不会吧？"他紧张地扫视了一下整节车厢，说道："不如我们别聊这个了，大家都安安心心地吃饭。"

"是他挑起来的。"哈里森气得浑身发抖，瞪着默文·克罗斯比说道。

默文·克罗斯比则哈哈大笑起来。

"好了，小伙子，"卢瑟·阿克曼苦笑着，"别让这些鸡毛蒜皮的事毁了大家的夜晚。"

"别以为我不知道你为什么要巴结克罗斯比先生。"哈里森盯着卢瑟·阿克曼说道。

"你这是什么意思？"卢瑟紧张地笑了笑。

"哈里森！"纳撒尼尔舅舅喊了一声，语气中充满了警告的味道。

"我在车站看见你收那个男人的钱了，那是贿赂，不是吗？"哈里森的话让在场的人倒吸了一口冷气。哈里森明显感觉到自己成了整节车厢里的焦点。他拿出速写本，翻到画着卢瑟收钱的那一页，然后高高地把它举了起来。"之后，有人听到你打电话跟一个名叫里昂的人说你已经做了特别的安排，这件事情我也有证人。是不是那个人付钱让你安排克罗斯比先生乘坐火车射杀犀牛？"哈里森说完，整节车厢陷入了一阵难堪的沉默，只有哈里森沉重的呼吸声回荡在空中。

"噢，我的老天啊！你的想象力可真丰富。"卢瑟这下反倒变得平静了，他接着说道，"我用不着跟你解释，小朋友。但今晚早些时候，我确实私下和默文·克罗斯比先生聊了聊，并再次向他表明我绝不允许他乘坐火车打猎。我还告诉他，等我们到了赞比亚之后，那里有几个狩猎区可以让他大展拳脚。我甚至还给了他几本宣传手册。不是吗，克罗斯比先生？"

"完全正确。"默文点了点头。

"至于你听到我和里昂先生说的特殊的安排，那是为另一位乘客准备的。"卢瑟继续说道。

"那是为我准备的。"波西亚·拉玛波阿说道，"里昂先生是我的营养师——我有过敏症。"她看着哈里森，略带抱歉地笑了笑。听到这里的哈里森只觉得胃里一阵绞痛。

"很抱歉我把这件事情公开了，拉玛波阿女士。"卢瑟说着，不满地看了哈里森一眼。

"没事。"波西亚摆了摆手说道。

"虽然这不关你的事，但你那张小素描里画的人是恩佐。我没有收他的钱，从你的画中就可以清楚地看到，我是在给他钱。他是一名火车零件供应商。我得从行家手里才能买到配件，它们可不便宜，而且这些配件供应商一向只收现金。"卢瑟停顿了一下，"我知道你喜欢玩侦探游戏，孩子，可我觉得你这次玩得太过火了。请向克罗斯比先生和拉玛波阿女士道歉，然后让我们继续享用晚餐吧！"

哈里森感觉嘴巴一阵发干。他张开嘴巴，很想说些什么，可一个字也没有说出来。

默文·克罗斯比把手放在耳朵上，说道："我听不见你说什么。"

"对不起，克罗斯比先生。对不起，拉玛波阿女士。"哈里森小声说道。

"你说什么？"默文·克罗斯比故意问道。

"你听得很清楚了，克罗斯比先生。"纳撒尼尔舅舅一边说着，一边同情地看了哈里森一眼，"坐下，哈里森。"

哈里森老老实实地坐了下来，羞愧得两颊发热。

佐佐木皋月拿过哈里森的速写本，往后翻了几页，然后看了看他，希望他能让自己撕下其中空白的一页。哈里森点了点头。皋月把撕下来的纸折起来，又小心地撕掉多出来的一截，得到了一个完美的正方形。纳撒尼尔舅舅和亮又聊了起来，哈里森则看着皋月用灵巧的手指熟练地折着那张纸。只见她把纸沿着折痕一遍又一遍地堆叠起来，形成了一道道褶叶，随后的步骤更是一步比一步复杂。哈里森完全被她的速度和专注给迷住了，他很想知道她在折什么。起初，他以为那是一艘船，因为纸张弯曲的样子很像船身。后来，她把纸转了过来，他才意识到自己一直看着的都是它的背面。

　　"一只猫头鹰，"她一边说，一边把折好的猫头鹰立在了哈里森面前的桌上，"能带来好运。"

　　"送给我的？"哈里森大为感动。

　　皋月点了点头说道："当我心情不好的时候，折纸能让我平静下来，找到解决问题的方法。"

　　"对我来说，画画也是这样。"哈里森微微一笑，再次谢过她的好意。

　　回到自己的包厢后，纳撒尼尔舅舅让哈里森坐了下来。"你没事吧？"舅舅问道。

"我没事。"哈里森撒了个谎。其实，他心里的羞愧仍然如烈火一般在熊熊燃烧。他说道："我不明白我怎么会错得这么离谱。"

"你不该让默文·克罗斯比把你激怒。如果你再多花些时间好好了解一下，你就会知道里昂先生是谁了。你应该比任何人都清楚有线索和有证据是两回事。"纳撒尼尔舅舅摇了摇头，哈里森以为自己马上就要挨骂了，可舅舅却突然话锋一转，接着说道："他真是我见过的最讨厌的人。"

"你不生我的气吗？"

"卢瑟·阿克曼那样当众羞辱你，我觉得这惩罚已经足够了，我不会再说什么了。"纳撒尼尔舅舅叹了口气说道。

"明天的游猎肯定会糟糕透顶，"哈里森苦闷地说道，"所有人都会觉得我是个愚蠢的小孩。"

"胡说。首先，卢瑟不参加游猎；其次，除了他自己的妻子和女儿之外，我觉得火车上谁都不希望与克罗斯比先生同行。我敢肯定，你会发现其他人其实都站在你这一边。"

纳撒尼尔舅舅的话让哈里森感觉好多了，可一想到刚刚在餐车里的情形,他的脸就火辣辣的。他很高兴温斯顿没有亲眼看到他受辱。要是埃里克·洛夫乔伊也不在场就好了——哈里森原本还想给这位退休的警探留下个好印象。

"我们该睡觉了,"纳撒尼尔舅舅说着,脱下了夹克,"明天还要早起呢!"

哈里森爬上床,凝视着窗外的世界。外面早已黑了下来,周遭的一切只剩下了黑乎乎的轮廓。德拉肯斯山脉宛如一条沉睡的巨龙,安然地卧在繁星点点的夜空之下。他又回忆起画中的卢瑟·阿克曼——难道自己真的看错了是谁在给谁钱吗?他可不这么认为。

第八章

黎明时的争吵

　　哈里森醒了，他直直地盯着车厢的天花板。他一晚上都睡得很不安稳。火车刚一停下，他就醒了，之后便再也睡不着了。昨天在餐车里发生的事情在他的头脑里一遍又一遍地重演。他意识到自己犯了一个错误：在没有证据的情况下指责卢瑟·阿克曼。对方冷静的反应着实出乎他的意料，但他可以确定关于恩佐的说法绝对不是真的。等再见到弗洛时，他一定要问问她关于零件供应商的事情。他坐起身来，透过木制的百叶窗向外望去。游猎之星号停在了胡德斯普鲁特车站外的一条侧线上。

整个世界沐浴在昏暗的、宝石蓝般的晨曦中，太阳还没有升起来。就在这时，他听到纳撒尼尔舅舅的一只手表响了起来。

纳撒尼尔舅舅摸了摸手表，关掉了闹钟。随后，他哼了一声，开始摸索自己的眼镜。

"早上好。"哈里森小声说道。

为了这趟游猎之旅，妈妈专门给哈里森买了一条卡其色的大短裤和一件浅黄色的马球衫。哈里森一边换衣服，一边想象着即将见到的各种动物，内心激动不已。

等他们换好衣服，准备停当后，纳撒尼尔舅舅带着哈里森走出了包厢。一想到要和默文·克罗斯比共度一整天，哈里森就觉得胃里像是打了结一样不舒服。不过，他想，他绝对不会让那个人毁了自己的第一次游猎之旅。

从火车上走下来就像进入了另外一个世界。尘土飞扬的地面上，晨露在微光下闪烁着，天气非常凉爽，鸟儿叽叽喳喳地叫个不停。哈里森迈步朝火车头走去，运动鞋踩在道砟上，发出嘎吱嘎吱的响声。利阿娜·索索贝双手叉腰站在那里，而睡眼惺忪的乘客们纷纷迈着晃晃悠悠的步子走向她。哈里森发现几乎所有的乘客都穿着游猎套装，只有两个人除外——贝丽尔·布拉什身穿紫红色长衫，而默文·克罗斯比——他在狩猎套装里面穿了一件粉红色的衬衫。

"早上好！"利阿娜说道，"今天，我们探索的是被称为'南非野生动物奇景'之一的克鲁格国家公园，我们将探索这个公园的一小部分。现在还很早，各位将有机会看到正准备休息的夜行动物，而其他动物也正在慢慢醒来。请大家保持安静，心怀敬畏，听从我的指挥。"她说话的口气就像一个任谁也不敢违抗的老师。"我们将分成两组。我带一组，达伦带另一组。"随着利阿娜的话音落下，一个留着姜黄色胡须，戴着一顶几乎盖住了眼睛的绿色帽子的男人走上前来，向大家点了点头。"达伦是克鲁格国家公园的护林员。从这里到奥本大门有一个小时的车程。我们已经通过无线电了解到了动物出没的最新情况。"利阿娜继续说道，她扫视了一下众人，目光最后停在了默文·克罗斯比身上，"一会儿大家上吉普车前，我们要对各位的背包进行强制检查。任何人不得携带武器。"她的口气不容置疑。

默文·克罗斯比不屑地哼了一声。

"一进大门，你们就会看到公园的观光指示牌。不过，那上面可没有关于犀牛的信息。很遗憾，这座公园里每天都会有一头犀牛死在非法偷猎者的手上，所以它们的位置是保密的。如果你们有幸看到犀牛，千万不要告诉任何人你们是在哪里看到的，这也是为了保护动物的安全。"利阿娜微微一笑，"好了，沿着这条路往前走，你们会看到两辆吉普车。我儿子温斯顿会带着你们一起过去。"她往前一指，只见温斯顿正在小路上朝着大家挥手。哈里森也向他挥了挥手。

"我们走吧！"利阿娜说道。

贝丽尔紧紧地挽着埃里克的胳膊。"你可真是一位绅士。"她抬头对他笑着说道，"走这种小路，女士们很可能会摔得很难看。"

其实，这条小路非常平坦，两旁还长有没有多少叶子却有很多枝干的树木。哈里森笑着跑到了温斯顿和奇波的身边。

"我听说你昨晚指责阿克曼先生了，"温斯顿小声说道，"你可真勇敢。"

"唉，糟糕透了。"哈里森的脸一下子就红了。他转而意识到一定是列车员们都在讨论这件事情，温斯顿才会有所耳闻。"你能确保我今天不会和克罗斯比先生在一个组吗？拜托了！"他对温斯顿说道。

"没问题。"

小路径直通向一片空地。两辆顶着防水油布的大型吉普车停在一张桌子的后面，桌上摆满了面包、肉、奶酪、水果以及冰镇的罐装矿泉水和果汁。

"请各位自行挑选早餐，我们一会儿在路上吃。"利阿娜大声说道。

正当大伙儿都在往纸袋里装食物时，温斯顿看见阿米莉娅在其中一辆吉普车里坐了下来。他用胳膊肘碰了碰哈里森，两个人立刻拿起饮料，朝另一辆车走去。

吉普车一共有三排座位，每往后的一排座位都会比前一排的稍微高一些。他们俩刚爬上中间的一排座位，奇波便从温斯顿的肩膀上跳了下来。哈里森看着它重新跑回摆满早餐的桌子前，纵身一跃，跳到了一碗坚果的旁边。默文·克罗斯比正在那里往一个面包卷里塞肉片。

"奇波！"温斯顿压低声音喊道，"回来，别调皮！"

默文·克罗斯比被奇波吓了一跳，他怒吼一声，用手背把它从桌子上推了下去。

看着受惊的獴重重地跌落在地上，哈里森倒吸了一口冷气。

"不！"眼看着默文·克罗斯比向后摆腿，准备踹奇波一脚时，温斯顿大喊了一声。不过，没等克罗斯比先生完全踹出这一脚，纳撒尼尔舅舅便跳到了奇波的前面。结果，克罗斯比先生的靴子狠狠地踢在了纳撒尼尔舅舅的脚踝上。纳撒尼尔舅舅疼得猛吸了一口气，倒在了地上。

"纳撒尼尔舅舅！"哈里森连忙跳下吉普车，冲了过来，"你没事吧？"

"奇波！"温斯顿吹了声口哨，惊慌失措的獴连滚带爬地跑到了他的身边。

"你这个白痴！"默文·克罗斯比冲纳撒尼尔舅舅吼道，"你在干什么？"

埃里克一把攥住了克罗斯比先生的胳膊，用一种非常克制的声音说道："克罗斯比先生，你刚刚在众目睽睽之下袭击了纳撒尼尔·布拉德肖。如果我是你，我会立马道歉，而不是冲他大喊大叫！"

"那只大老鼠想抢我的食物！"默文·克罗斯比的鼻子都要被气歪了，他用力甩开了埃里克的手。

"那是一只已经被驯化了的獴，"纳撒尼尔舅舅因为疼而紧

97

咬着牙关，"它没有恶意。"终于，他在哈里森的搀扶下站了

起来。

"愚蠢的英国佬。"克罗斯比咕哝道。

"你或许可以不讲礼貌，克罗斯比

先生，但你不能凌驾于法律

之上。"埃里克被彻底激

怒了。

"那你可就错了。"默文·克罗斯比弯下身子,鼻子几乎快要顶到埃里克的鼻子了,"没有哪个国家的哪家法院胆敢起诉我。"他咧嘴一笑,然后大步走向吉普车,与他的妻子坐在了

一起。

妮可·克罗斯比一脸歉意地看着哈里森。她似乎很想说些什么，可最后，她还是摇了摇头，耷拉着肩膀，低头跟着爸爸走开了。

"这家伙简直不是人！"贝丽尔说道。

"一会儿我去给你拿早餐。"哈里森一边说，一边扶着纳撒尼尔舅舅艰难地坐上了吉普车。

"噢，布拉德肖先生，谢谢你！那一下很可能会把它踢死。我欠你一份人情。"温斯顿抱着奇波说道。

"你不欠我什么，温斯顿，我只是在保护一只无害的小动物不受凶猛野兽的伤害。"纳撒尼尔舅舅苦笑着说道。

利阿娜扶起纳撒尼尔舅舅，让他坐到了吉普车后排的座位上，以便他能把腿在座位上伸直。接着，她又帮他包扎好脚踝，并在下面垫了一个冰袋。"我现在帮你把靴子穿回去，但别系太紧了。这样有助于消肿。"

"我没事，真的。"纳撒尼尔舅舅还想解释一下。

"肯定会有一块很严重的瘀青。这不是扭伤，一旦消肿，你就可以走路了。"

"你还好吗？"埃里克递给纳撒尼尔舅舅一瓶咖啡，"我看你是要独享一整排了。"说完他笑了笑。

哈里森爬上了吉普车，坐到了温斯顿的身边。

"看来我们只能在前面挤一挤了，埃里克。"贝丽尔说着爬上吉普车，并拍了拍她旁边的座位。

"也只能这样了。"埃里克一边说，一边向纳撒尼尔舅舅投去了一个"都怪你"的表情。

"大家都到齐了吗？"利阿娜爬上驾驶座后问道。

"等等！"妮可·克罗斯比跑到了他们的吉普车前。她的双手紧紧地握成拳头，样子看上去好像要哭了似的，"我可以和你们坐在一起吗？拜托了。"

"当然可以。"哈里森往旁边挪了挪，给她腾出了位置。

"谢了。"妮可用袖子擦了擦双眼，爬上吉普车，坐在了哈里森的旁边。

利阿娜转动钥匙，发动了吉普车。"各位现在可以吃早餐了。如果觉得困了，那就打个盹儿。"她一边说，一边挂好挡，开始倒车。"游猎之旅要开始咯！"当车子往前行驶时，她高喊了一声。

当他们超过另一辆吉普车时，哈里森暗暗高兴起来，他终于可以远离默文·克罗斯比了。可就在这时，他忽然僵住了——波西亚·拉玛波阿似乎正在盯着自己。但接着他便意识到她在看的并不是自己。"妮可，波西亚·拉玛波阿正在盯着你。"他对妮可说道。

妮可转过身，朝波西亚笑了笑。"她很酷。"她轻声说道。随着两辆车的距离越来越远，妮可转向纳撒尼尔舅舅说道："你脚踝的事情，我很抱歉。希望这件事不要破坏了你的游猎之旅！"

"你专门来道歉真是太贴心了，可你又没有做错什么，再说了，没有什么能让今天黯然失色。"纳撒尼尔舅舅说道。

"老爸太差劲了！"她脱口而出，"我讨厌他。"

"我相信他也没那么坏。"虽然哈里森的嘴上是这么说的，可他心里一点儿都不认同自己的话。

"他就是有那么坏。不过，我很快就不用忍受他了——我马上就十七岁了。"妮可的脸绷得紧紧的。"我打算搬到美国的另一边去上大学，这样我就不用见到他了。"她看着哈里森，"昨天晚上，你敢于那样当面批评他，真是勇气可嘉。我见过好多成年人都被他吼哭过。"

"说得对。"贝丽尔插话道，"你扮演侦探的样子真可爱。我多么希望你是对的啊！结果你却落得一个当众出丑的下场，真是太遗憾了。"

尽管她的话有些伤人，但哈里森还是勉强挤出了一个微笑，并装出了一副不在乎的样子。

"别为此自责了。"埃里克说道，"如果你想成为一名侦探，你肯定会犯很多错误的。我就犯过无数错误。"他停顿了一下，接着说道："你的速写本带来了吗？我想看看你的画。"

"当然。"哈里森说道。埃里克的一番话让他心怀感激，于是，他从包里抽出速写本递了过去。

埃里克盯着那两幅画看了一会，然后又把速写本还了回来，对哈里森说道："谢谢。"

哈里森与温斯顿对视了一下，可退休的老警探并没有多说什么。

太阳升上了天空，马路两旁的农田全都沐浴在柔和的橘红色阳光中。和煦的微风轻抚着哈里森的脸庞，他深吸了一口气，露出了微笑。纳撒尼尔舅舅是对的——没有什么能让今天黯然失色。毕竟，他的游猎之旅马上就要开始了。

第九章

游猎之旅

一个小时后，他们穿过奥本大门进入了克鲁格国家公园。利阿娜把吉普车停在了路边。她拿起无线电接收器，按住一个按钮，询问了一下最新情况，然后仔细地听着。贝丽尔偎依在埃里克的肩头，轻轻地打着呼噜。埃里克则笔直地坐着，没有丝毫困意。

另一辆吉普车从他们旁边开了过去，妮可和哈里森同时在座位上压低了身子。随后，两个人都笑了起来。

"我们很幸运。"利阿娜回头喊道，"一群狮子在不远处放倒了一头水牛。想去看它们吃早餐吗？"她看着哈里森和妮可，"我提醒你们一下——那场面可不好看。"大家点了点头，表示听明白了。

吉普车以平稳的速度在公园内穿行。地面上有许多岩石，野草已然干枯，许多树木看起来都已经死了。哈里森扫视着周围，四处寻找野生动物的身影，并努力回忆自己在地理课上学到的有关大草原的内容。随着太阳缓缓上升，气温也有所升高，他脱下羊毛衫，在脸上和脖子上涂了些防晒霜。

纳撒尼尔舅舅拍了拍他的肩膀，指了指高高的树枝。当吉普车从树的下方开过时，哈里森看到了一对鸟儿：它们的胸部呈肉桂色，翅膀上有着黑白相间的条纹，尖尖的鸟喙又长又黑，头上的羽毛像装饰物似的竖了起来。

妮可举起手机，拍了一张照片。

"臭戴胜。"温斯顿小声说道。

"我也看到鸟屎了。"哈里森小声回应温斯顿，"不过，难道鸟不可以拉屎吗？"

温斯顿咯咯地笑了起来，妮可则翻了个白眼。

"大象！"贝丽尔尖叫着站了起来，随即又一屁股坐了下去，"看！还有象宝宝！"

看到这群大象正在慢慢悠悠地穿过马路，利阿娜把车停了下来。其中一头大象停下脚步，用象鼻从树上卷下一根树枝，像吃棒棒糖一样把它塞进嘴里，吃光了上面的树叶。

"噢，我的照相机呢？"贝丽尔一边在手提包里摸索着，一边自言自语。找到照相机后，她一把将照相机推给埃里克，然后指着大象摆了个姿势，笑眯眯地看着埃里克按下了快门。

哈里森用炭笔画出了大象背部的曲线和讨喜的大长鼻子，接着，他又画出了大象厚厚的皮肤，并添上了一条活泼的尾巴。那头庞然大物就在离他们几米远的地方。哈里森的全部注意力都扑在速写本上，一时间甚至忘了旁边人的存在。一想到自己此时身处南非并且正对着一头真正的大象画画，他便像贝丽尔一样情不自禁地笑了起来。

"非洲大象可以相隔很远和彼此交流，"温斯顿说道，"它们的声音很低，人类听不见。"

"大象之间可以交流？"贝丽尔看上去非常惊讶，她低声自言自语道，"大自然的杰作。"

"真漂亮。"妮可叹了口气。

"大自然就是美。"贝丽尔朝埃里克眨了眨眼。

"这是你遇到的非洲五大兽中的第一种动物。"纳撒尼尔舅舅一边对哈里森说，一边看了看他的素描，"画得真好。"

"我们离狮群抓到水牛的地方不远了。"利阿娜说话的时候，那头大象迈步追上了其他大象。"等我们到了那里，你们都必须待在车里。大型猫科动物非常危险。"利阿娜说道。

哈里森既激动又紧张，虽然满脑子想的都是马上就要看到的狮子，但他显然对眼前这样的场面没有任何心理准备：一头死水牛以一种奇怪的姿势倒在地上，看上去就像一艘被撕裂的船；四头母狮围坐在它的周围，不断撕扯着水牛，它们的嘴巴早已被鲜血染红。哈里森瞪着眼睛，被眼前这一幕吓得一动也不敢动。

"你没事吧？"他感觉到纳撒尼尔舅舅把手放在了自己的肩头上，他点了点头，却一句话也说不出来。泪水刺痛了他的眼睛。

"大自然是冷酷无情的 ①。"纳撒尼尔舅舅小声说道。哈里森用炭笔在速写本上画了起来。

---

① 原书引用的诗句为"Nature，red in tooth and claw"，字面意思是当掠食性动物捕获猎物时，猎物的血会把它们的牙齿和爪子染成红色。诗人借此表达自然界的冷酷无情。——译者注

"这是丁尼生①说的。"贝丽尔说着，朝纳撒尼尔舅舅微微一笑。

哈里森心里很清楚，这就是野生动物真实的生活方式。其实他以前在很多电视节目里都看到过动物猎杀其他动物的场面，但远没有这么震撼。"我看到了真实的场面，"他边画边想，"这就是活着与死亡，这就是现实。"

"大自然是冷酷无情的。"妮可重复了一遍。与此同时，哈里森听到了她按下照相机快门的声音。

"聪明的鬣狗。"温斯顿压低声音，指了指不远处一棵大树下的草地，那里藏着一个身影，隐约露出了一只黑色的鼻子和两只纽扣状的眼睛。"它正耐心地等着吃一顿水牛早餐。"温斯顿说道。

"麻烦来了。"利阿娜突然冒出了一句。原来，他们刚刚遇到的那群大象径直朝狮群走了过来，它们扬起象鼻，越走越快。"这里是大象的领地。它们可不会欢迎这群狮子。我们还是走吧！"

利阿娜发动了吉普车，车子驶离了一段距离又慢慢停了下来。他们转过身，看到大象赶走了刚刚吃完早餐的狮子。不一会儿，鬣狗就从草丛里溜出来，对着水牛咬了起来。

① 丁尼生为英国维多利亚时代的桂冠诗人。——译者注

"真是刺激，"贝丽尔扇着扇子说道，"真是太……太原始、太野蛮了。"

"生命就是野蛮的。"埃里克对此表示同意。

"我想我们已经看够大场面了吧？"利阿娜发动了引擎，"让我们找找大象的水潭，看看谁会在那里等着我们。"

吉普车隆隆地驶过坑坑洼洼的地面，向一个宽阔的水潭驶去。水潭里挤满了一大早起来喝水的各种动物。一群鹳鸟落在了水边，它们的喙是红黄两色的。一头小象——小得可以在妈妈的肚子下面走——跌跌撞撞地滚进水里，高兴地扇动着耳朵。

他们在离水潭大约十米远的地方停了下来，利阿娜关掉了引擎。"如果你们愿意的话，可以下车走走。只要你们心怀敬意，保持距离，这里没有什么动物会伤害你们。沿着这条路走，不要进灌木丛。"她回过头对大家说道。

"我觉得我还是留在这里好了，我的脚还是有些疼。"纳撒尼尔舅舅说道。

哈里森跟着温斯顿走下了吉普车。他指了指一群正在水潭边喝水的动物。它们头上长着角，身上有细细的白色条纹。它们的样子一半像马，一半像山羊。

"南非大羚羊。"温斯顿小声说道，"我要再走近一些。"

哈里森倒不太想离动物们太近，他想找个更好的角度画画。看了一圈之后，他发现一棵光秃秃的大树前面有一块大岩石，刚好可以用来放速写本，于是他便朝那棵大树走了过去。

他先画了一个倒映着景物的水潭，然后停下笔，饶有兴致地

看着一群猴子在水边戏水。他的炭笔在速写本上来回翻飞，很快便勾勒出了那群猴子的轮廓。随后，他举起双筒望远镜，想仔细看一看它们的正脸。可就在他转动旋钮调整望远镜的焦距时，他注意到远处有一个黑影在移动。于是，他从岩石旁往后退了一步，靠在了树干上，远处的景象也终于出现在了焦点上。只看了一眼，哈里森便倒吸了一口气。那是一头正独自在水潭远处溜达的黑犀牛。它鼻子上面的角已经不完整了，只剩下一截。就在这时，哈里森听到远处的其他人呼喊起来，看来他们也看到了那头犀牛。于是，他放下了双筒望远镜。犀牛还离得很远，并没有惊动到那些喝水的动物，但仍有一两只动物抬起了头，警惕地听着它越来越近的脚步声。

就在这时，有什么东西碰到了哈里森的右肩。他转过头去，余光瞥见了一个蛇头。一条灰色的蛇从旁边的树干滑到了他的身上，并缓缓爬向他的脖子。一阵冰冷的恐惧袭上心头，哈里森忽然意识到自己违背了利阿娜的命令——自己擅自偏离了那条小路。

"救命！"他吓得一动也不敢动，只能尖声叫道，"纳撒尼尔舅舅！"可纳撒尼尔舅舅远在吉普车里，根本听不到他的声音。

第十章

黑曼巴

"别动！"埃里克·洛夫乔伊用非常平静的语气命令道。

哈里森吓得都无法呼吸了。蛇头从他的右肩垂下，他甚至能感觉到蛇身体的重量。与此同时，他的心脏剧烈地跳动着，仿佛随时都会从胸腔里跳出来似的。

"千万不要动。"

蛇扭动的身体触到了他的后颈，那感觉又冷又滑。忽然，哈里森听到了一阵沙沙声和树枝折断的声音。紧接着，他觉得自己的肩胛骨被猛地截了一下。有那么一瞬间，他以为自己被蛇咬了。但随后，蛇身体的重量好像发生了变化——它变轻了，最终不见了。

哈里森看见埃里克往后退了几步，手上还举着两根树枝，并与身体保持着一臂远的距离。其中一根树枝的末端呈叉状，

蛇头正高高地扬在那里；另一根树枝则穿过了蛇盘绕着的身体。埃里克慢慢地、轻轻地把树枝放下，然后迅速走到哈里森身边。他伸手搂住哈里森的肩膀，用不容置疑的语气说："跟我一起往后退。再退，再退。"

哈里森感到脚下的小路变得硬邦邦的，自己的膝盖也一阵阵地发软。于是，他只能斜靠在埃里克身上慢慢后退，那条蛇则慢慢地爬进了灌木丛。

"你被咬了吗？"

哈里森摇了摇头。"谢谢你。"他小声说道。

温斯顿朝他们跑了过来。"那是一条……"他一脸敬畏地看着埃里克说道。

"一条黑曼巴。"埃里克说道，"我知道。"

"一条黑曼巴？"哈里森惊恐未定，浑身还在发抖。

"那是世界上最致命的毒蛇之一，"温斯顿瞪大了眼睛说道，"它会先用毒液让你瘫痪，然后将你活活吃掉。"

哈里森两腿一软。埃里克及时将他的胳膊搭在了自己的肩膀上，半背着他朝吉普车走了回去。

"哈里森？"纳撒尼尔舅舅从车里探出身子问道。

"他没事，"埃里克大声说道，"他没受伤。"

"怎么回事？"利阿娜连忙跑了过来。

"洛夫乔伊先生从一条黑曼巴手里救了哈里森！"温斯顿对妈妈说道。

"你那里有水吗？"贝丽尔匆匆走来时，埃里克问她，"他被吓坏了。"

"给！"贝丽尔从手提包里拿出一块糖，打开包装，塞进了哈里森的嘴里，"这是一颗奶油糖，会让你感觉更好的。"她朝哈里森笑了笑，算是给他的鼓励。"你真是一名大英雄，洛夫乔伊先生。"她带着崇拜的表情看着埃里克，由衷地说道。

纳撒尼尔舅舅手里拿着一壶水，一瘸一拐地朝他们走了过来。他一把将哈里森拥入怀里。"谢天谢地，你没事！我应该跟你一起下车的。埃里克，谢谢你。我不知道该说什么了……我永远也不会原谅自己，如果……"他激动地说道。

"换了是你，你也会这么做的。"埃里克说话的语气很平淡，似乎在表示"这没有什么了不起的"。

纳撒尼尔舅舅把哈里森扶上吉普车的后排时，利阿娜语调柔和地批评了一下哈里森，指出他不该偏离小路。待他坐定后，

116

纳撒尼尔舅舅又帮他把羊毛衫披在了肩上，劝他多喝些水。哈里森感觉头晕乎乎的，身体还在发抖，脑海中那头死水牛的画面怎么也挥之不去。

妮可在哈里森前面坐了下来。"你看到犀牛了吗？"她小声问道，"它可真好看。我拍了几张很棒的照片。"

哈里森努力挤出笑容并点了点头。

"如果大家都游览完了，我觉得我们应该继续前进了。"利阿娜说道，"请回到各自的座位上。"

吉普车晃晃悠悠地驶离了水潭。哈里森望着公园里开阔的草地，仿佛重新认识了这个世界。他有生以来第一次感受到大自然的威力和凶险。

终于，他们抵达了指定的午餐地点。先到的那一拨人把车停在了一张折叠桌子旁，桌子上放着一盘盘三明治和水果，头顶宽大的树冠使他们感到了一阵凉意。

贝丽尔稍加哄劝，温斯顿便开始绘声绘色地讲述哈里森遭遇黑曼巴的故事。在他的叙述中，那条蛇远比哈里森印象里的那条更大、更凶。其间，贝丽尔还插了进来，详细地描绘了埃里克英勇的营救行动，以及他是如何将哈里森半背回吉普车的。

纳撒尼尔舅舅哈哈大笑起来，哈里森却摇了摇头。这是他第二次在所有乘客面前表现得像个傻瓜。他本希望这趟旅行能像之前和舅舅一起经历的那两次一样，但到目前为止，他先是凭空幻想了一场犯罪，然后又几乎被一条毒蛇咬伤。唯一让他感觉好些的就是埃里克看上去和自己一样，都被贝丽尔和温斯顿讲的故事搞得有些不自在。突然，一股寒流涌遍了他的全身，他意识到自己把速写本落在了水潭旁边的岩石上。

　　"你没事吧？"在他看来，纳撒尼尔舅舅已经这样问了他一千次了。

　　"嗯。"哈里森强颜欢笑了一下，"我再去拿些三明治。"他装出要去吃饭的样子，可脑子里想的全是他的速写本。他不可能让利阿娜专门开车回去找，否则大家肯定会觉得他是个爱小题大做的小毛孩——他只能接受速写本已经不见了的事实。一个巨大的空洞在他心里缓缓裂开，他叹了口气，这趟旅行与他所希望的相差了十万八千里。他拿起一个苹果，决定停止搜寻案件，把注意力集中在假期里美好的事物上。

　　温斯顿坐在一棵猴面包树的树荫下，腿上放着一盘三明治。

　　"我可以坐在这里吗？"哈里森问道。

"别担心。奇波会把蛇赶走，它会保护你的。"温斯顿点着头说道。哈里森苦笑了一下，感觉自己被人嘲笑了。"我是认真的！唯一能与黑曼巴一战并活下来的动物是獴。獴是天生的捕蛇者。它对蛇毒免疫。"温斯顿继续说道。

"真的吗？"哈里森看着奇波，奇波则茫然地望着他。这个小动物看起来丝毫没有能打赢蛇的样子。

"真的，而且它还会几个把戏。"温斯顿从盘子里拿起两颗花生，"看好了！"他把一颗花生高高地抛过头顶，然后张开嘴巴准确无误地接住了落下的花生。紧接着，他又把第二颗花生向空中一抛，打了个响指。奇波纵身一跃，在半空中抓住花生，熟练地落在了温斯顿的左肩上，并把花生塞进了自己的嘴里。

哈里森拍着手，哈哈大笑。

"嗨！"妮可向他们打着招呼，走了过来，两个男孩抬起头来。"他们在收拾午餐了。佐佐木夫人累了，她想回火车上休息。你妈妈说哈里森的舅舅也该回去让脚踝好好休息一下。她会开车送他们回去。不过，只有两辆吉普车，所以我们必须坐另外一辆才能继续游猎之旅。"她停顿了一下，"我决定跟他们一起回到火车上。我可不想和老爸一起走。"

"我跟你一起回去，我要去扶纳撒尼尔舅舅。"哈里森说着站了起来。一想到整个下午都要和默文·克罗斯比待在一起，他就觉得很不舒服，而且刚刚遭遇蛇的事情也确实让他心有余悸。

"我不能带着奇波和克罗斯比先生坐同一辆吉普车。"温斯顿跳了起来，"我也回去。嘿，你要不要帮我给奇波做个跑道？"

"什么跑道？"哈里森问道。

"就是一个管道系统，獴很喜欢管道。"

"听起来很有趣。"

"我也来帮忙好吗？"妮可问道。

"当然。"温斯顿说道，"跑道越大，奇波越开心。"

一个小时后，载着他们一行人的吉普车回到了游猎之星号的旁边。珍妮斯深绿色的侧板在阳光下闪闪发光。弗洛·阿克曼正站在煤水车顶部，拖着一个宽大的水管喷嘴往水箱里灌水。看到他们，她挥了挥手。

"那是谁？"一行人跳下吉普车时，妮可问道。

"弗洛·阿克曼，她是一名火车工程师。"哈里森答道，"她可酷了。"

"哈！老爸要是知道掌管我们火车的是个女人，他肯定会大发雷霆。"

"我得问她一些事情。"哈里森一边说，一边朝煤水车跑了过去。虽然就只有这么几步路，可他却又想起了那本被自己遗忘在水潭边岩石上的速写本，一阵懊恼涌上心头。"嘿，弗洛，"他喊道，"你们用的专业蒸汽机零件是从谁那儿买的？"烈日当头，一走进火车投下的阴影中，哈里森便松了一口气。

这个问题似乎让弗洛很吃惊。"是从一个叫恩佐的供应商那儿买来的，"她大声答道，"怎么了？"

"噢，没什么，我刚刚和纳撒尼尔舅舅聊到这件事情了而已。"哈里森感到非常失落，"谢了。"

他跟着温斯顿和妮可走进了服务车厢里一间空着的包厢。温斯顿从下铺搬出一个行李袋，从里面掏出了很多根旧的硬纸管、一把黑袜子和一卷胶带。

"你的袜子怎么都没有脚指头？"妮可一边把手伸进一只袜子，一边问道。

"我把它们剪掉了。"温斯顿解释道。哈里森拿起一根纸管，把它当作望远镜那样，透过纸管往外看了看。"袜子可以把管子连接起来。先把袜子套在管子的一端，用胶带把它粘起来，然后再把另一根管子插进袜子的另一头，并同样用胶带粘好。反复这么做几遍，你就能得到一条可以弯曲的长管道了。"

"你不做岔路口吗？"哈里森问道。

"我当然做了。"温斯顿笑道，"奇波可以选择的管道可不止一条。"

"你用什么来做岔路口？"妮可问道。

"尿布！"说着，温斯顿从行李袋外侧的口袋里抓了一大把尿布出来。

"你可真是个怪人！"妮可咯咯地笑道。

就这样，三个人开始制作管道。奇波兴奋地跳来跳去，在管道里来回穿梭，这可给他们增加了不小的难度。温斯顿把一只袜子套在手上，假装那是一条蛇，在包厢里追着哈里森跑，哈里森也相当配合地大声尖叫道："救命，埃里克！"

妮可刚开始还有些放不开，她显然是觉得自己年纪已经不小了，早就不适合玩这种游戏了。但没过多久，她就抓起一根硬纸管，一边笑着一边敲打温斯顿的手臂，大声喊道："去死

122

吧，蛇，去死吧！"一阵疯闹让三个人笑得前仰后合。

"温斯顿，公园里的那头犀牛为什么没有角？"妮可一边问，一边把一根竖直的管子固定在上下铺的梯子上。

"公园的主人会把犀牛角锯下来。"温斯顿说着，用胶带把一只袜子粘在另一根管子上，"如果没有犀牛角，偷猎者就不会想要杀死犀牛了。这是一种让犀牛存活下去的方法。他们会用麻醉镖让犀牛先睡着，然后再把它的角锯掉。它不会受到任何伤害，就像人类剪指甲一样。"

"我跟老爸说过无数次打猎的事，"妮可气愤地说道，"他觉得我之所以不喜欢打猎，就是因为我是一个敏感的小姑娘。"

"你爸爸确实很难让人产生好感。"哈里森坦言道。

"你还在调查阿克曼先生吗？"温斯顿问哈里森。

哈里森摇了摇头："我想错了。"

"我还以为你仍在调查着什么。"温斯顿看起来有些失望。

"谁要破案啊？游猎之星号多棒啊！南非真是太神奇了！"哈里森刚说完，奇波就坐直身子，也吱吱地叫了几声。三个人又笑了起来。"没错，奇波，野生动物也很酷。"哈里森对着奇波说道，又好像在说给自己听。"算了，我的速写本落在水潭那

124

里了。"他耸了耸肩，"没有它，我觉得我也破不了案。"

"噢，不！那是你所有的画！"温斯顿说道，"你现在要拿什么来画画呢？"

哈里森又耸了耸肩膀。"跑道做得怎么样了？"他主动岔开了话题。

"完成了！"温斯顿一边叫着，一边用胶带系紧了袜子的边缘，"这是最后一根管子了。獴跑道正式开放！"他把手从入口处拿开，奇波一头扎了进去，飞快地在管道里穿梭起来。跑道从地板上开始，升至下铺后沿水平方向伸到了窗边，随后又向上延伸，并分为了两段：一段是沿着天花板走的大循环，另一段则沿着墙壁返回了地面。奇波一遍又一遍地在管道里奔跑，玩得不亦乐乎。

忽然，一阵轮胎在泥土上打滑的声音传了过来，他们都向窗外望去。另一辆吉普车回来了。

"现在肯定四点了。"温斯顿说道。

"该喝下午茶了。"妮可说道。一想到又要和大人们在一起了，三个人都露出了失望的表情。

第十一章

车厢里的争执

伴随着高亢的汽笛声，滚滚浓烟从游猎之星号的烟囱里噗噗地冒了出来，巨大的轮子转动时更是发出了一阵刺耳的哐当声。高大的火车头拖着车厢驶离胡德斯普鲁特车站，开始了北上穿过大草原的旅程。

哈里森在温斯顿和妮可的陪伴下来到了观光车厢的门口。火车行驶得非常缓慢——维多利亚女王想必会很喜欢这样的慢车^①。地平线上全是小山坡，不过它们也有可能是连绵的高大山脉，毕竟哈里森无法判断它们到底距离自己有多远。

纳撒尼尔舅舅和埃里克坐在一张桌子旁，被一个笑话逗得哈哈大笑。看见他们三个人走了进来，舅舅微微一笑，说道："哈里森，埃里克有东西要给你。"

哈里森拖着脚向前走了几步，突然感觉有些不好意思。"洛夫乔伊先生，你救了我一命，我还没有好好感谢你呢！"他说完，感觉自己的耳朵一热。

"没什么！"埃里克挥了挥手，"我没有救你的命，我只是从你身上弄走了一条蛇，仅此而已。它本来也没打算咬你。"他试图宽慰哈里森，不过从其他人的反应不难看出，哈里森当时确实身处险境。"不管怎样，把你交给你舅舅后，我又回去拿了这个。"说着，他把哈里森的速写本放在桌上，推了过来。

哈里森从没想过自己还能再见到这个速写本，一时间竟有些不知所措。他使劲咽了一口唾沫，连着眨了好几下眼睛，才勉强忍住了突然泛起的泪花。"谢谢你。"他低声说着，拿起速

---

① 1842年6月13日，维多利亚女王第一次乘坐火车，当时火车时速是三十千米。事后女王抱怨车速过快，担心火车会脱轨。——译者注

写本，把它紧紧地抱在胸前。

"我看了一下你在克鲁格公园画的画。你在把握细节方面确实独具慧眼。我相信你一定能成为一名优秀的侦探。"

埃里克的一番赞赏让哈里森羞红了脸，纳撒尼尔舅舅则骄傲地笑了笑。

"噢！"妮可喃喃地哼了一声。看到女儿走进了车厢，阿米莉娅穿着高跟鞋摇摇晃晃地迎了上去。"嗨，妈妈。"妮可愉快地说道。

"妮可，你爸爸想跟你谈谈。"阿米莉娅看起来有些焦虑。

"我正和他们一起玩呢！我一会儿再去找他。"

"真的吗？"阿米莉娅看了看哈里森和温斯顿，仿佛她之前从来没有见过他们一样，"跟他们交朋友？他们俩的年纪是不是小了些？"

"我跟谁交朋友，你说了不算。"妮可将双臂交叉，抱在了胸前。

"听我说，你知道的，让你爸爸等着可不是个好主意。那个叫波西亚·拉玛波阿的女人把他惹火了。刚刚在游猎途中，她告诉你爸爸，你非常聪明，他应该支持你上大学的想法。她怎么知道你想上大学？"阿米莉娅脸上的表情很是惊慌。

"我告诉她的。"妮可略带挑衅地答道。不过她还是跟着妈妈朝车厢的另一头走了过去。刚走没两步，她便停下来，回头朝哈里森和温斯顿挥了挥手。

贝丽尔戴着一顶精致的帽子隆重登场，可宽大的帽檐却在进门时被夹在了门口。"天哪！"她惊叫一声，连忙小心翼翼地把帽子一点点地挪了出来。"这就是人们为时尚付出的代价。"说着，她一屁股坐在了门边的扶手椅上，从手提包里掏出一本笔记本和一支钢笔。在和埃里克打过招呼后，她便开始专心地在笔记本上涂写起来。

"我该溜了。"埃里克小声说道。他拨弄了一下手表，然后大声说道："噢，都这个时候了！抱歉，纳撒尼尔，我得先回我自己的包厢了，我还有些重要的事情要处理。"他站起身来，又补充道："晚饭时再见。"

哈里森坐到了他的座位上，温斯顿则另外拉了一把椅子过来。"我敢打赌，贝丽尔下一本书里的主人公肯定是埃里克·洛夫乔伊。"哈里森小声地说了一句，两个人都咯咯地笑了起来。

"不！"默文·克罗斯比一句突如其来的严厉的拒绝声让整个观光车厢里顿时变得鸦雀无声。大家都朝露台望去。"我会通过我的方式培养我的女儿，我的女儿用不着像无名小辈一样通过上大学的方式来进入大公司。"默文激动地说道。

"不，我想通过自己的实力进大学和公司。"

"你用不着去上大学，你老爸有的是钱。"默文挺了下胸膛说道。阿米莉娅在他的旁边坐了下来，眼神空洞地盯着地板。

"我要去哈佛大学学习企业管理。"妮可固执地说道。

"你用不着去大学了解企业是怎么回事。"默文不屑地说道，"我就没学过。你可以从最基础的开始，一步步往上爬。我可以在我名下的公司里给你安排一份体面的秘书工作。"

"我不想为你工作，"妮可气呼呼地说道，"我想自己成就一番事业。"她扫视了一下整节车厢，在与波西亚·拉玛波阿的目光交会时，那位女企业家朝她点了点头。

"我可以帮你成就一番事业。你想卖什么？化妆品吗？你肯定能做得很好。你很漂亮。"默文掰下一块蛋糕，往嘴里一扔。可蛋糕偏偏没有飞进他的嘴里，而是打到他的下巴，滚到了他的粉红色的衬衫上。

"你根本没在听我说话。"妮可彻底火了，"我要去上哈佛大学，不管你喜不喜欢。"

"如果我不喜欢，你就别想去！"

"啊啊啊！"她尖叫起来，"你把我的人生都毁了！"她一把推开椅子，怒气冲冲地走出了车厢。

"妮可，妮可，回来！"阿米莉娅一边喊着，一边追了出去。

车厢里沉默了好一阵。

"你应该支持你的女儿，而不是扼杀她的想法，"波西亚在车厢的另一头说道，"不然，你总有一天会后悔的。"

"闭嘴，女人！"默文吼道。

"别这样跟她说话！"帕特里斯·姆巴塔在椅子上转过了身子。

"我想怎么跟她说话就怎么跟她说话。"默文蛮横地扬起了头。

"你真是个恶人，克罗斯比先生，"帕特里斯说着站了起来，"简直烂到骨子里了。"他把餐巾扔在桌上。"你粗鲁无礼，着实让人反感。今天早上，你踢伤了纳撒尼尔·布拉德肖先生，可一句道歉的话也没说。"他一边说，一边指了指纳撒尼尔舅舅。"说起我们在公园里看到的那些美丽的动物时，你就跟个屠夫一样。你真是丝毫也不在乎自己会不会让别人不高兴或是毁了别人的假期啊！"他摇了摇头，"人们对你处处忍让是因为你有钱，但我不会。你真是个怪物。"

"你叫什么来着？"默文不为所动地说道，"帕特里克，是吧？"

"你很清楚我是谁。"

"我每年要见成千上万个人，"他盯着帕特里斯，"我只会记得那些比较重要的人。"

帕特里斯握紧了拳头。有那么一瞬间，哈里森以为他要气炸了，但他最终只是转过身，大步走出了车厢。

默文·克罗斯比哈哈大笑。"你得给自己物色个新男友了，"当波西亚起身时，他说道，"那家伙是个废物，彻头彻尾的懦夫。"

波西亚狠狠地盯着克罗斯比先生，她的眼神突然变换，让哈里森感到一丝紧张。

"天道好轮回，克罗斯比先生。不管怎么样，善恶终有报。"说完，她便跟着帕特里斯离开了车厢。

贝丽尔自言自语地嘟囔了几句，涂写的劲头似乎更大了。

对于自己引起的这场风波，默文似乎毫不在乎，而是继续吃起了另一块蛋糕。

"快看！"温斯顿指了指窗外。只见一排排厚实的玉米秆在随风摇摆，像一支摇摆着的合唱队，正跳着舞向后退去。一群野生的黑斑羚本来正在铁轨旁边吃草，火车的动静把它们吓了一跳。它们开始跑了起来，而且越跑越快。

哈里森把速写本紧紧地抱在胸前，飞快地跑了起来，经过默文，最后跑到了露台上。接着，他从裤子口袋里抽出炭笔，侧身靠在了黄铜栏杆上。能在这本失而复得的速写本上再次画画着实让他兴奋不已。很快，他画好了一双黑色的眼睛，头上还顶着一对魔鬼般的犄角。黑斑羚背部优美的曲线一直向下延伸，直至肌肉发达的臀部。它们离得那么近，哈里森甚至觉得自己或许伸手就能摸到其中一只。

"它们跑得跟火车一样快。"不知什么时候来到他身后的纳撒尼尔舅舅说道。

"黑斑羚每小时能跑九十千米，"温斯顿说道，"它们会沿着'之'字形的路线跑，看到没？这样可以避免被捕食者抓住。"

"要是能打到一只肯定很有意思。"默文也跟着他们走到了露台上。他用两根手指指向飞奔的黑斑羚，嘴里说道："砰！"

哈里森警惕地看了一眼纳撒尼尔舅舅。

"看着它们生机勃勃地在大自然中自由地奔跑岂不是更有意思？"纳撒尼尔舅舅耐心地问道。

"不，那就太无聊了。追上它们，一枪打死，这才叫有意思。"

"你不会为了取乐而朝人开枪，那为什么要朝动物开枪呢？"哈里森问道。

"你凭什么觉得我不会朝人开枪呢？"默文对着哈里森不怀好意地笑了一下。

"我们不怕你。"温斯顿说着站到了哈里森的身后，"你就是个恶霸。我妈妈说所有的恶霸其实都是胆小鬼。"

"你应该怕我。你们没听到那个叫帕特里克的家伙是怎么说的吗？我是个怪物。"默文放肆地大声笑了起来。他探出身子，望了望火车的前方。有那么一瞬间，他仿佛愣住了。紧接着，他恍然大悟似的双眼一亮，一把抓起挂在脖子上的双筒望远镜。

"好，该死的，就是这个地方！"他嘟囔着，看了看手表，满面笑容地匆匆向观光车厢走去。

温斯顿和哈里森警觉地对视了一下，跟着他走了进去。

"你要去哪里？"哈里森大声问道。

"你不会想知道的，小屁孩，"默文扭过头，咧嘴一笑，"你会做噩梦的。"

"你不会是要打黑斑羚吧？"哈里森几乎是用恳求的语气问道。

"在火车上开枪非常危险。我妈妈……"温斯顿正准备解释。

"听着，小屁孩，我根本不在乎你妈妈说了什么。还有，我

没说要去打黑斑羚，这种动物我已经打过几百只了。"他指了指外面，"我要去打我刚看到的那头犀牛。"

"什么？！"哈里森和温斯顿转过身，伸长脖子望向远处。默文则头也不回地匆匆走开了。

"纳撒尼尔舅舅！"哈里森大声喊道，"快，克罗斯比先生要从火车上向犀牛射击！"

他们三个人火急火燎地冲出了观光车厢。

"他在皇家套房，"纳撒尼尔舅舅说道，"那扇门。"他用拳头猛砸了几下房门。"克罗斯比先生，你不能在火车上开枪。你听到了

吗？"他试着转动门把手，房门是锁着的，"克罗斯比先生，我去叫阿克曼先生，如果你……"

"去找他吧！"默文在门里面吼道，"你看我在不在乎。"

纳撒尼尔舅舅看着哈里森说道："他房间里有枪，你千万不要靠近。回去，在观光车厢里坐好。我去找阿克曼先生。"说完，他拍了拍哈里森的肩膀。哈里森点了点头，看着纳撒尼尔舅舅一瘸一拐地顺着走廊离开了。

"走吧。"温斯顿拉了拉他的袖子。

可哈里森却听到咔嗒一声，似乎是窗户撞到窗框的声音，水潭边那头黑犀牛的形象再次浮现在他的脑海里。"求你了，克罗斯比先生！别开枪！"哈里森朝着包厢喊道。

忽然，里面传来一声闷响，有什么东西砸在了门上。哈里森和温斯顿紧紧地抓着彼此，吓得往后跳了一大步。

"我们走吧！"温斯顿小声说道。

就在这时，包厢里面先是爆发出一声炸裂般的巨响——哗啦，随之而来的是一阵让人不安的短暂的安静，紧接着又是一声沉重的撞击——哐当。

第十二章

列车上的枪声

"那是枪声吗？"哈里森瞪大双眼看着温斯顿问道。

"他开枪了？他打到犀牛了？"温斯顿小声地问道。

"克罗斯比先生？"哈里森大喊了一声，然后仔细听了听里面的动静，可没有人回答。他把耳朵紧紧地贴在门上，虽然列车的轰隆声不止，但他仍然听到了有人在包厢里移动的声音。"克罗斯比先生？你没事吧？"哈里森一边说着，一边看了看温斯顿，"我想我们应该按纳撒尼尔舅舅说的那样去做，去观光车厢里等着。"

温斯顿点了点头，两人连忙退到了走廊上。

"等一下。"温斯顿突然转过身。

"怎么了？"

"奇波！它在哪里？"

"在那里！"哈里森指了指前面。只见那只獴正站在走廊另一头的地毯上，全身沐浴着薄薄的金黄色的阳光。那里是波西亚和帕特里斯的包厢，金黄色的光芒正是从那里泄进来的。奇波回头看了看温斯顿，然后消失在了包厢里。

"啊噢。"温斯顿哼了一下，连忙追了上去。

哈里森一把抓住他的胳膊说道："我们得赶紧去观光车厢！"

"我得找到它！要是奇波让客人觉得不满的话，我会有大麻烦的！"

"那就赶快！"

两个人踮着脚尖，快步来到了包厢的门口。

"门怎么是开着的？"温斯顿低声说着，把房门又向旁边推开了一些，并往里面瞧了瞧。

"可能是他们离开的时候没关好门。"

"奇波！"温斯顿压低声音喊道，"奇波，你在哪里？"

哈里森抓住温斯顿的肩膀，指了指包厢里面：帕特里斯·姆巴塔正戴着眼罩躺在房间里的那张床上。两个孩子都愣住了，呆呆地看着他的胸膛起起伏伏。

"他在睡觉。"哈里森小声说道。

"枪声怎么没把他吵醒？"

"可能他睡得比较沉。"

就在这时，温斯顿发现奇波正躲在床底下。于是，他趴在地上，爬进房间，伸出一只手把它引出来。

哈里森蹑手蹑脚地跟了进去，他仔细地盯着帕特里斯的脸，生怕他突然醒过来。忽然，他看见帕特里斯的耳朵里露出了一小截黄色的东西。"温斯顿，"他小声说道，"他戴着耳塞！"

"奇波，过来，"温斯顿轻声说道，"过来，乖孩子。就是这样。"

奇波从床底下跑到连接门的旁边，挠了挠房门，然后回头看着温斯顿。

"不，你不能从那儿穿过去。过来，你这傻丫头。"温斯顿低声对奇波说道。

"那扇门通向哪里？"哈里森小声问道。

"默文·克罗斯比的包厢。"温斯顿答道。

哈里森注意到把手上方的钩子依然朝着下面，牢牢地扣在锁环里。

奇波又挠了挠房门。温斯顿四肢着地，从帕特里斯躺着的床边爬过，抱起奇波退了出来。两个男孩轻轻地跑出包厢，小心翼翼地把门关上，然后跌跌撞撞地回到观光车厢，喘着粗气倒在了座位上。

"奇波，你去那儿干什么？你这个淘气的家伙！"温斯顿责骂道。

透过观光车厢的窗户，哈里森看到了一面高高的金色石墙。他们正行驶在一段峡谷里。"你觉得他打到了吗？我是说犀牛。"哈里森问道。

"我希望没有，但是……"温斯顿皱起眉头，看着窗外，"真没想到这里居然会有犀牛。它们的数量本来就不多了，一般也不会在这附近游荡。"他一边说，一边站起来，向露台走了过去。"他朝窗外开枪这件事肯定会让妈妈大发雷霆。他很可能会打伤什么东西……等等！"他回头看着哈里森，"看！"他指了指窗外。

"什么？"

"你没看到吗？那上面。"

"看到什么？"

"犀牛岩！那个傻瓜刚刚开枪打的是犀牛岩。"

男孩们如释重负地笑了起来。看来锅炉工格雷格说的没错，从远处看，那块岩石确实栩栩如生。如此奇观让哈里森惊叹不已。

"可你听到那声闷响了吗？"两个人回到观光车厢的座位上时，哈里森问道。

"我希望枪的后坐力把克罗斯比先生撞到了地上。"

"可他是一个经验丰富的猎人。他肯定知道怎么操作枪械。"

这时，一阵急促的脚步声和重重的敲门声从走廊传来，他们俩对视了一下，竖起耳朵仔细听着。

"克罗斯比先生，我是卢瑟·阿克曼，我想和你谈谈。请把门打开。"又是一阵敲门声。"克罗斯比先生？我听说你在火车上开枪了。"卢瑟又用力敲了敲门，这次敲得更响了。"克罗斯比先生，如果你不让我进去，那我将不得不用我的钥匙开门了。"他停顿了一下，似乎想让对方明白这是最后一次警告，

"你听见了吗，克罗斯比先生？"他又敲了敲门，紧接着便响起了钥匙的叮当声。

"为什么没人答应？"温斯顿小声问道。

一阵寒意爬上了哈里森的胸口。

突然，他们听到一声声嘶力竭的惊呼。紧接着，又听到卢瑟喊出了纳撒尼尔舅舅的名字，再往后便是男人们急切的说话声。

哈里森看着温斯顿说道："不对劲。"他站了起来。

"你舅舅让我们待在这里。"

"我只是想去看看走廊里出了什么事。"说着，哈里森朝车厢门走去。

起初，走廊里看不到任何人，直到卢瑟双手捂着脸，从默文·克罗斯比的包厢里退了出来。他一个劲地重复着："噢，不！噢，不！"

"去找佐佐木亮！"哈里森听到舅舅用命令的语气喊道。

卢瑟转身想要离去。"洛夫乔伊先生！"看到埃里克出现在走廊尽头，卢瑟连忙大喊了一声。

"没事吧？你看上去像见了鬼一样。"埃里克说道。

"谢天谢地，还好有你在。发生了一场非常可怕的意外。"卢瑟抓住埃里克的胳膊，把他拉进了包厢。

"他是……"埃里克问道。

"恐怕是的。"包厢里传来了纳撒尼尔舅舅的声音，看到卢瑟还站在那里，他又喊了一声："快去找佐佐木亮！"

"我在这里！怎么了？"佐佐木亮提着医疗包从走廊走了过来。埃里克和卢瑟连忙给他让开了路。他站在门口往里看了看，随即拿出一双蓝色的手术手套，啪的一声戴在手上，然后便走了进去。

眼前的一幕让哈里森完全呆住了。默文的包厢里发生了什么事？巨大的恐惧甚至让他感觉有些恶心。

波西亚·拉玛波阿也走进了走廊。"这是怎么了？"她问道。

埃里克看了看卢瑟，只见这位火车经理的嘴像鱼嘴一样一张一合，却只发出了一阵含糊的喃喃声音。于是，埃里克向前走了几步，挡住波西亚，以免她看到包厢里面的情况。"拉玛波阿女士，请退后。恐怕这里发生了一场可怕的意外。"埃里克平静地说道。

"一场意外？"

"他在说什么啊？"温斯顿站在哈里森身后小声问道。

"克罗斯比先生好像出了什么事。"

"你希望乘客们怎么做呢，阿克曼先生？"埃里克看着火车经理问道。

"嗯？这个……嗯……啊……嗯……"卢瑟惊慌地四处张望，一句完整的话也说不清楚。哈里森感觉心里的恐惧一下子炸开了。他从来没见过哪个大人如此慌乱。不管克罗斯比先生出了什么事，情况肯定非常非常糟糕。

"卢瑟·阿克曼先生希望所有的客人都前往休息室，他很快就会过去向大家说明情况。"埃里克亲切地笑着说道。

"对，对，休息室。好主意。"卢瑟·阿克曼点了点头，可他却好像无法控制自己似的，依然恐惧地盯着克罗斯比先生的包厢。

"怎么回事？"波西亚弯下脖子，想从门口往里看一看。

"拉玛波阿女士，请……"埃里克坚定地挡在那里。

"出什么事了？"帕特里斯·姆巴塔站在自己的包厢门口，一边打着哈欠，一边扯下了耳塞。"波西亚？"他定睛看了看走廊里的情景，"没事吧？"

"阿克曼先生要求所有的乘客立即前往休息室。"埃里克重复了一遍，"拉玛波阿女士，请你带上姆巴塔先生并通知沿路碰到的其他乘客。阿克曼先生随后就到。"

纳撒尼尔舅舅走出了默文的包厢。

"有人受伤了吗？"帕特里斯看上去有些困惑。

"我们去休息室吧。"波西亚点了点头，牵着帕特里斯的手离开了。

"我得去看一下哈里森。"纳撒尼尔舅舅对埃里克说道，"我留在这儿也帮不上什么忙。得有人去找克罗斯比太太，告诉她这里发生了什么。"

"最好还是我去吧！"埃里克瞥了一眼愁云满面的卢瑟·阿克曼说道。

"快！快！快！"哈里森火急火燎地低声说道。等纳撒尼尔舅舅出现在观光车厢的门口时，他和温斯顿已经飞奔回座位上坐好了。

"出什么事了？"一见到舅舅，哈里森就连忙问道，"克罗斯比先生出什么事了？"

纳撒尼尔舅舅面如死灰说道："克罗斯比先生出了意外。"

"什么意外？"温斯顿问道。

"他受伤了吗？"哈里森仔细观察着舅舅的神情，一股寒意涌上他的心头。他当即意识到，真实的情况可能比自己想象的更加糟糕。

"他……死了吗？"温斯顿抱紧了奇波，小声问道。

"你们俩跟我一起去休息室。"

"他是心脏病发作了吗？"哈里森忽然想起枪响后听到的那一声闷响。

"我现在没办法回答任何问题，哈里森，请别问我了。"

纳撒尼尔舅舅领着他们走进走廊。一看到他们，卢瑟连忙退回到克罗斯比先生的包厢里，关上了房门。

第 十 三 章

阿米莉娅的责问

当哈里森、温斯顿和纳撒尼尔舅舅来到休息室时，波西亚和帕特里斯正坐在一个角落里说着悄悄话，佐佐木皋月在书架旁看书，贝丽尔则在吧台挑选饮品。纳撒尼尔舅舅让他们坐在放着棋具和扑克牌的桌子旁边，试图建议他们选一种游戏玩一玩。可两个孩子都没有心情玩游戏。温斯顿抚摸着奇波，哈里森则翻开速写本，开始画画。

"嗯，这一切简直太神秘了。"贝丽尔不请自来地和他们坐在了一起，"为什么要我们来休息室集合？"

"出了个意外，"纳撒尼尔舅舅低声答道，"克罗斯比先生受伤了。"

贝丽尔的眉毛一扬，但她什么也没说，只是喝了一口饮料。

"温斯顿！"利阿娜冲进休息室，如释重负地喊了一声。纳撒尼尔舅舅往旁边挪了挪，让她坐在了自己的旁边。利阿娜一把将儿子抱进怀里。"哦，谢天谢地，你没事。"她喃喃地说道。

"我没事，妈妈。啊，你要勒死我了。"

"你们看到埃里克了吗？"贝丽尔问道。

利阿娜点了点头，说道："他和克罗斯比太太还有她的女儿在餐车里。"

可怜的妮可！哈里森忽然意识到自己刚刚一直在好奇到底出了什么事，却完全忘记了他的这位新朋友。温斯顿看了看哈里森，显然他也有同感。

利阿娜、纳撒尼尔舅舅和贝丽尔非常刻意地聊起了他们当天看到的野生动物。他们这么做显然是想让哈里森和温斯顿安心，可他们尴尬的交流反而让哈里森更加警觉。

当卢瑟·阿克曼匆匆地走过车厢时，所有人都闭上了嘴巴。五分钟后，他和两名乘务员又一起穿过车厢，走了回去。他们走后，三个大人又开始了他们尴尬的谈话，直到佐佐木亮走了进来。佐佐木亮穿过车厢，坐在了妻子的身边。哈里森看到这对日本夫妇轻声交谈起来。当丈夫在向妻子说着什么的时候，皋月惊讶地睁大了眼睛。紧接着，她用手捂住嘴巴，似乎在强忍着没有哭出来。哈里森猜测，自己担心的最糟糕的事情恐怕已经发生了。

又过了大约半个小时，埃里克·洛夫乔伊走进了休息室，旁边跟着依然焦灼不安的卢瑟·阿克曼。车厢里顿时陷入了一片令人不安的寂静之中。

"女士们、先生们，感谢你们的耐心等待。"埃里克看着大家说道，"在座的各位，有的人可能知道，有的人可能不知道，我五天前刚刚退休，在此之前，我是约翰内斯堡警察局的一名警探。正因如此，阿克曼先生请求我来负责处理现在火车上出现的一些情况，我也答应了阿克曼先生的请求。"

卢瑟·阿克曼点了点头。

"什么情况？"贝丽尔问道。

"很遗憾，我不得不告诉各位，刚刚发生了一起意外。我们中的一位乘客——默文·克罗斯比先生死了。"

所有人都惊讶得说不出话来，车厢里陷入死一般的寂静。

"一起意外？"帕特里斯问道。

"克罗斯比先生似乎是想从车厢的窗口射杀外面的动物，结果发生了不测，他似乎意外地射中了自己。"

车厢里响起一阵低语。卢瑟·阿克曼看上去更加绝望了。

"他怎么会射中自己？"哈里森小声问道。

"也许他的枪坏了，"温斯顿答道，"或者子弹炸膛了。"

"太可怕了。"贝丽尔说道。

"再过几个小时，我们就会抵达边境城镇穆西纳。"埃里克提高了嗓音，试图让其他人安静下来，"我们已经提前打过电话了。克罗斯比先生的遗体将在那里被搬下火车，希望警方能证实我们对现场情况的判断。"

"如果各位因为这场悲剧想要提前结束此次旅行，你们也可以在穆西纳下车。"卢瑟·阿克曼看上去仿佛患上了重病，"但我真心希望各位能留下来参加第二次游猎，好好看看维多利亚瀑布的奇景！"此时此刻，他表现出的热情显得十分虚假且令人生厌。

"任何想要离开这趟火车的人，"一个愤怒的声音喊道，"都有可能是杀人凶手。"

所有人都朝声音传来的方向转过身。阿米莉娅面无表情地站在门口,妮可跟在她的身边,脸上满是泪痕。

"克罗斯比太太……"埃里克语气温柔地说道。

"不!"她朝埃里克吼道,"你为什么就是不听我的?我跟你说了,默文不可能开枪把自己打死。"

"这确实是一场可怕的悲剧。"卢瑟疯狂地点了点头。

"默文的枪是花了大价钱才买到的。"她一字一顿地说道。"我不得不再次提醒洛夫乔伊先生,你刚刚也跟我说了,那把枪完好无损,所以肯定不是枪出了问题。那把枪的枪管很长,默文根本不可能朝自己开枪,因为那样他根本就够不到扳机。"她环抱着双臂,"如果他是被枪杀的,那一定是有人开枪打死了他。"说完,她用责难的目光环视了一下车厢。

"我知道这很痛苦,克罗斯比太太,"埃里克用平静且谨慎的语气说道,"但包厢从里面锁上了。阿克曼先生进去时,房间里没有别人。"

"连接门呢?"克罗斯比太太瞟了一眼波西亚和帕特里斯。

"连接门也锁上了,而且两边都上了锁。"

154

"可你说过窗户是开着的。"

"火车当时还在行进中。谁也不可能爬进去或者爬出去。"埃里克同情地看着她，"这不仅仅是我对现场情况的判断，克罗斯比太太。佐佐木亮是一位拥有丰富临床经验的外科医生。在仔细检查过你丈夫的情况之后，他也对我的调查结果表示认同。"

"我对你失去亲人深表遗憾。"亮低下头，"他的伤口是由他自己的枪射出的子弹造成的。我怀疑他当时打开窗户，把枪放在了窗框上。可就在他准备扣动扳机时，火车的晃动使他失去了平衡，就在开火的一瞬间，枪脱手了。这的确是……非常不幸的意外。"

"火车的晃动使他失去了平衡？"阿米莉娅嘲笑道，"他一辈子都在打猎。"

"妈妈……"妮可把一只手放在了她的胳膊上，但阿米莉娅一把将女儿的胳膊甩开，她已经气急败坏了。"不，洛夫乔伊先生，我丈夫是被这个车厢里的某个人谋杀的。"她用做过美甲的手往前一指，"你们中的一个人开枪打死了他！"

"荒谬！"帕特里斯一边说，一边摇了摇头。

"是吗？"阿米莉娅看着他，扬了扬精心修过的眉毛，"你们都讨厌他。别以为我不知道你们都是怎么说他的，还有怎么说我的。"

又是一阵令人不安的沉默。哈里森注意到所有人都低着头。

"这是一起谋杀，而你……"她转向埃里克·洛夫乔伊，"你是约翰内斯堡警察局的一名警探……"

"一名退了休的警探。"

"你五天前才退休的不是吗？"她说道。

埃里克点了点头。

"你离开的时候肯定还有一大堆假期没有休。"

埃里克看上去有些吃惊，但他还是点了点头。

"所以，如果你是在度假，那就意味着你还没有真正退休。从法律上讲，你仍然是一名警探。如果你不立即开始调查我丈夫的谋杀案，我将起诉约翰内斯堡警察局玩忽职守。"说完，她转过身，似乎准备离开。"我相信用不着我来提醒你，洛夫乔伊警探，我能请得起最好的律师，而且我们还拥有世界上最大的媒体公司。"她把手放在妮可的肩上，接着说道，"你最好多用点儿心，不然我就毁了你的声誉，还有和你共事过的每一位警察的声誉。"说完，这位母亲拉着她的女儿离开了休息室。

在场的其他人都注视着埃里克，沉默不语。埃里克则脸色铁青，一言不发。过了好一阵，车厢里的沉闷才被打破，大家听到亢奋中的贝丽尔用颤抖的声音大声说道："凶手就在我们中间！"

第十四章

穆西纳疑云

　　"凶手不在我们中间！"埃里克冲着贝丽尔厉声说道，阿米莉娅的威胁显然让他有些恼火。"我们都很同情克罗斯比太太。丈夫去世对她确实是很大的打击。我哥哥也是最近去世的，很长一段时间里，我都不敢相信他已经去世了。"他清了清嗓子，"不过，关于我的聘约，她说的倒是对的。"他轻轻地摇了摇头，环顾了一下四周，接着说道："为了我们警局的声誉，在抵达穆西纳由当地警方接手此事之前，我必须展开调查。但我向大家保证，阿克曼先生、佐佐木先生和我都很确定这是一场意外。

158

没有任何证据表明可能存在其他情况。"

"我能问一下……"卢瑟往前倾了倾身子，"等到了穆西纳边境，如果南非警方怀疑确实发生了罪案，到时候会怎么样？"

"火车会被扣押，我们都会被带去问话。"

"旅程会被缩短？"卢瑟惊慌地叫了出来。

"当然。"埃里克点了点头。

"那可真是太烦人了。"贝丽尔不满地说道，似乎是意识到自己的失言，她连忙又补充了一句，"但……为了正义，这么做还是至关重要的。"

"如果警方也认为这就是一场意外呢？"帕特里斯问道。

"那克罗斯比太太便只能接受警方的意见。我想她和她的女儿应该会和克罗斯比先生的遗体一起下车，然后我们再继续赶路。"

哈里森环视了一下这群乘客。很明显，他们都希望默文·克罗斯比的死是一场意外。

"现在，我必须要求各位返回自己的包厢，待在里面，直到我们抵达穆西纳，警察完成他们的工作为止。"埃里克说道，"阿克曼先生已经安排好了晚餐，稍后便会送去各位的房间。如果我需要和你们谈话，我会来敲你们的门。"

游猎之星号轰隆隆地穿过平原，向穆西纳驶去，金色的窗户仿佛一个个在深蓝色夜空下移动的小方块。包厢里，哈里森坐在纳撒尼尔舅舅的对面，正低头看着一顿美味的晚餐：南非农夫烤肠（一种长长的烤香肠）配恰卡拉卡（一种由洋葱、西红柿、辣椒、胡萝卜、豆类和香料制成的沙拉）。尽管离下午茶已经过去很长一段时间了，可他还是没什么胃口，默文·克罗斯比的事情始终盘踞在他的脑海里，挥之不去。不仅如此，他注意到纳撒尼尔舅舅也一口都没吃。

"你在想什么呢？"他问道。

"噢，也没什么。"纳撒尼尔舅舅用叉子挑起少许食物，却依然没有送进嘴里。

"埃里克说他和亮以及阿克曼先生都认为克罗斯比先生死于一场意外，可你当时也在那间包厢里，你的想法和他们的不一样吗？"埃里克并没有提到纳撒尼尔舅舅的看法，这让哈里森十分好奇。

舅舅点了点头，哈里森看得出他内心十分纠结。

"你为什么不想告诉我？"

"不是我不想告诉你。重要的是，作为一名负责任的成年人，我不应该告诉你，你还太小了……"

"我十二岁了！"

"你今天遭遇的已经够多的了，先是那条蛇，现在又发生了这件事。我们来这儿本来是想让你好好画一画动物的……"舅舅取下眼镜，揉了揉眼睛，"我觉得我是世界上最糟糕的舅舅。"

"你认为克罗斯比先生是被谋杀的，是吗？"哈里森放下了刀叉。

"说实话，我真的不知道，哈里森。但如果我是阿米莉娅·克罗斯比，我也会要求进行调查的。我不敢相信默文·克罗斯比会不小心开枪打死自己，而且……"他叹了口气，"你之前说的没错，卢瑟·阿克曼的行为非常奇怪。"

"你不会认为……"哈里森一把抓起速写本，翻到画着阿克曼收钱的那一页，然后抬起头，看了看舅舅，"你不会认为是有人买通阿克曼先生谋杀了克罗斯比先生吧？"

"不！他为什么要这么做呢？你不能这么草率地下结论。毕竟这列火车上的每一名乘客都有理由想要除掉默文·克罗斯比先生，他确实不是一个很友善的人。"

"那我们调查一下？"哈里森使劲不让自己表现得太过急切。

"噢，老天！你听我说，我是认为这件事有些不对劲……"

"那我们为什么不试着破案呢？"

"因为这有可能是一桩谋杀案，哈里森！"纳撒尼尔舅舅用手指敲了敲桌子，"如果阿米莉娅说的没错，她的丈夫真的是被谋杀的，那我们现在搭乘的这趟火车就非常危险。"

"那我也不应该告诉你枪响时我听到了什么吗？"

"什么意思？"

"枪响时我就站在他的包厢外面。"

"可我说过让你们赶紧回观光车厢的。"

"我们是准备回去的，"哈里森说道，"可是我……又敲了敲门，恳求克罗斯比先生不要射杀犀牛……"他停顿了一下，一个可怕的念头突然出现在他的脑海里。"噢，不！万一是我害他跌倒，没拿稳枪呢？"他喊了起来。

"我觉得不太可能。他知道你们在外面。"纳撒尼尔舅舅打消了哈里森的这个念头，"你听到了什么？"

"我听到克罗斯比先生打开了窗户，窗户撞到窗框底部时发出了咔嗒的声响。我喊了一声，他好像朝门上扔了个什么东西。"

"那是一个垫子，"纳撒尼尔舅舅点了点头，"我进去的时候看到它在地板上。"

"然后我们便听到了枪声和一声闷响。"

"所有这些迹象都证实了埃里克的推论——那是一场意外。"

"是的，但我后来又喊了一声，问他有没有什么事。我把耳朵贴在门上，听见有人在里面走动，从包厢的一侧走到了另一侧。"

"你确定？"

哈里森点了点头说道："如果克罗斯比先生已经中枪了，那他还怎么在房间里走来走去呢？"

"确实不可能。他的尸体在被掀翻的椅子旁边。也就是说，他倒地后就再也没有站起来了，"舅舅停顿了一下，"可这就把矛头指向隔壁包厢的帕特里斯·姆巴塔了。"

哈里森摇了摇头继续说道："他一直在睡觉。温斯顿和我进过他的包厢，然后……"

"你们干什么了？"

"奇波被枪声吓到，跑进了他的包厢。我们是为了追它才进去的。帕特里斯当时戴着耳塞和眼罩睡着了。他甚至没看见我们溜进去抓它。"

"真不知道我有什么好惊讶的，"纳撒尼尔舅舅看起来有些怀疑，"但你说的没错，不可能是帕特里斯。克罗斯比家的包厢是从里面上的锁。我也检查过连接门。"他皱起了眉头，接着问道："可你听到的是谁的声音？那个人又去哪里了？"

哈里森看了看自己的速写本说道："如果这是一起谋杀案，那我们必须想办法破案。"

纳撒尼尔舅舅闭上了眼睛，喃喃道："你妈妈肯定会杀了我的。"

他们一边聊天，一边吃起了晚餐，不知不觉便把盘子里的食物一扫而光。甜点是一份奶馅饼——一种填满了奶油冻的糕点。哈里森吃得非常尽兴，他不仅吃完了自己的那一份甜点，还把纳撒尼尔舅舅的那一份也吃掉了。

"我们到穆西纳了吗？"火车驶入一条侧线停下来时，哈里森问道。一辆闪着蓝色警灯的白色警车停在了铁轨旁的土路上。他把脸贴在玻璃上，看到一个穿着白色套装的人从一辆货车里走了出来。"他们带了一个取证小组过来，"他看了看舅舅，"你觉得他们会让我看着他们工作吗？"

"不会，也不会让我看！取证可不是什么值得围观的观赏性运动。再说了，埃里克交代过，警察执行公务期间，我们应该待在自己的包厢里。"舅舅说道。

突然，一阵敲门声响起，温斯顿把头伸了进来。"布拉德肖先生，你好。我想问问哈里森愿不愿意和我一起去奇波的包厢搭给它用的跑道？"他问道。

"我愿意。"哈里森说着，从桌子旁边站了起来，"可以吗？"他看了看舅舅。

"别去打扰埃里克。"纳撒尼尔舅舅点了点头。两个男孩转眼间便消失在了门外。

他们沿着火车一路跑到了服务车厢。靠近温斯顿和奇波的包厢时，哈里森放慢了脚步，但温斯顿依然快步向前。"你要去哪里？"哈里森问道。

"去看警察破案。走！"

"万一我们被人抓住了呢？"

"不会的。"温斯顿说着打开车门，顺着火车一侧的梯子爬了下去，"我还以为你是一名侦探呢。"奇波跳上他的肩膀，然后纵身一跃跳到了地上，追着一只大飞蛾在火车旁边的草丛中蹿来蹿去。"走吧！"温斯顿低声说道，"如果有人发现了我们，我们就说奇波要下车小便。"

哈里森跟着他下了梯子。车门关上时突然发出哐当一声，他们俩吓得都僵住了，连忙环顾四周，想看看是否有人发现了他们，但周围什么都没有。

"这边。"温斯顿贴着车厢朝前走去,"警察在另一边。"

在他们的右手边,一排铁栅栏隔开了一片黑乎乎的仓库。当他们接近火车的尾部时,警车发出的蓝光在车厢下面的转向架上一闪而过。就在这时,哈里森看见一个熟悉的身影从克罗斯比先生包厢的窗前走了过去。于是,他连忙抓住温斯顿,一边将手指放在嘴唇上,示意他不要出声,一边拖着他蹲进了车轮的阴影里。"是埃里克。"哈里森指了指上面,小声说道。

"……当然不是,"埃里克正在说话,"我们都是按计划进行的。"

紧接着,他们又听到一个女人的说话声,但她的声音太小了,他们什么都听不清。

"是的,我们都知道这里的利害关系,"埃里克说道,"我很同情那位妻子,但她拒绝接受事实。"

女人回应了一句,但哈里森只听清了一个词——"意外"。

"那人是个笨手笨脚的家伙。他本想射杀犀牛,结果失手把自己打死了,这也算是罪有应得了。"埃里克继续说道。

女人的回复他们依然没有听清。

"我们都知道这里还有更重要的事情。取样、采集指纹、拍

照片，让你的人赶紧把这里收拾好，要快。我们必须按照原定的日程继续前进。一想到我们在这次行动中投入的时间和精力……"埃里克说道。

女人又说话了。哈里森竖起耳朵听了听，可依然什么也没听清。

"我很高兴你同意我的看法。我们绝不能在这里功亏一篑。我也不会让一起愚蠢的意外毁了我这么多年的努力。让游猎之星号继续这趟旅程至关重要。"

第 十 五 章

模拟犯罪现场

温斯顿抱着奇波，与哈里森一同跑回了服务车厢。"洛夫乔伊先生跟我们说他已经退休了。"爬上火车时，温斯顿上气不接下气地说道。

"听起来可不像是退休了，"哈里森说道，"他正在调查一件案子，而克罗斯比先生的谋杀案有可能影响他破案。"

"所以说，你认定克罗斯比先生是被谋杀的？"温斯顿一边说，一边关上了车厢门。

"我不知道。埃里克似乎很肯定那就是一场意外，但纳撒尼尔舅舅有些怀疑。如果埃里克不想让一桩谋杀案影响他调查别的案子，那他很可能只会看到自己想要看到的东西。我们应该去找纳撒尼尔舅舅，把我们刚刚听到的内容告诉他。"

打开包厢门时，哈里森惊讶地发现纳撒尼尔舅舅正以一个奇怪的姿势躺在地毯上，盯着天花板。

"噢！"看到他们，纳撒尼尔舅舅一下子弹了起来，"你们好啊，这么快就回来了。"

哈里森看了看打开的窗户以及倒在窗边的椅子，问道："你在干什么？"

"没什么。"

"你在模拟犯罪现场吗？"

"嘘！"纳撒尼尔舅舅连忙走过去，关上了包厢的门，"好吧，是的，就是这么回事。"

"太棒了！"温斯顿说道，"我们能帮忙吗？"

"那你们必须保持安静。"纳撒尼尔舅舅说道。

"我们发现了一些重要的事情，"哈里森压低了声音，"埃里克·洛夫乔伊并没有退休。他正在卧底办一件大案子。"

"你们是怎么知道的？"

"我们无意中听到了他和一名警官的谈话。他担心克罗斯比先生的死会影响他们破案。"

"你们是在你的包厢里得知这些的吗？"纳撒尼尔舅舅朝温斯顿皱了皱眉头。

"哦，奇波想要上厕所，"温斯顿连忙说道，"我们带它去了外面，就在火车轮子边上。"

"它刚好在克罗斯比先生那间包厢下的轮子旁边上的厕所？"纳撒尼尔舅舅笑了笑，两个男孩都点了点头。"好吧，我开始有些认同埃里克的观点了，这似乎就是一场意外。我们的包厢没有克罗斯比先生的大，但布局基本相同，除了没有按摩浴缸和特大号双人床……"纳撒尼尔舅舅说道。

"皇家套房里有按摩浴缸？"哈里森大为震惊。

"那毕竟是皇家套房。"温斯顿特意强调了一下。

"如果凶手就在克罗斯比先生的包厢里，那么他人去哪里了呢？"纳撒尼尔舅舅举起双手，"这里根本没有可以进出的地方。"

"现在这里的状况和你当时发现他时一模一样吗？"哈里森坐在桌旁，翻开速写本问道。

"是的。我们从头捋一遍。假设我是克罗斯比先生，"纳撒尼尔舅舅退出了包厢，然后打开门走了进来，"有机会打犀牛了，我很激动。"

"可那其实是犀牛岩。"温斯顿插了一句。

"我不想让你们这些讨厌的小鬼打扰我，所以……"他锁上房门，"然后，我从床上的行李架上拿下了枪盒。"

"盒子有多大？"哈里森问道。

"大概有萨克斯管盒那么大。我把它放在了地板上。"就像真的有个枪盒那样，舅舅像模像样地打开了"它"，从里面拿出了一把"枪"。哈里森则按照舅舅说的，把枪盒画进了车厢示意图中。"我把枪盒里的子弹装进了枪里。我走到窗边，发现高度不太好，而且火车摇摇晃晃的，我很难瞄准目标，所以我把椅子拉了过来，"舅舅把椅子扶正，放在了当时的位置上，"纳撒尼尔·布拉德肖敲着门威胁说要去找卢瑟·阿克曼，我说'去找他吧'。然后我坐了下来，把枪放在膝盖上，打开窗户。"纳撒尼尔舅舅又比画了一下开窗的动作。

"我听见你打开了窗户，于是我连着敲了几下门，求你不要朝犀牛开枪。"哈里森一边说，一边在图中画了一扇开着的

173

窗户。

"我把椅子上的靠垫朝房门扔了过去，让你闭嘴。"纳撒尼尔舅舅说道，"然后我举起枪，把胳膊肘搁在窗框上，身体前倾，瞄准目标。"

"我们听到一声枪响，紧接着又是一声闷响。"温斯顿说道。

"也有可能是这样……"纳撒尼尔舅舅比画了一个胳膊肘从窗框上滑下来的动作，"这么一滑，所以我松开了枪托。枪掉在地上，枪管转了一圈。砰！枪托落地时枪走了火，打中了我自己。"他朝着椅子向后一仰，砰的一声倒在地毯上。接着，他滚到椅子旁边，四肢呈"大"字形，躺在地板上。"我们发现他时，他正是躺在这个位置上。"纳撒尼尔舅舅说道。

哈里森在速写本里的地板上画出了一个人形的轮廓。

"说得通，"纳撒尼尔舅舅站了起来，"意外走火这个推论有理有据。"

"可我在枪响后还听到有人走动的声音。"哈里森指出这一点。

"也许意外发生时还有一个人在里面？"温斯顿提出一个想法。

"那这个人为什么不呼救或是打开房门呢？"纳撒尼尔舅舅

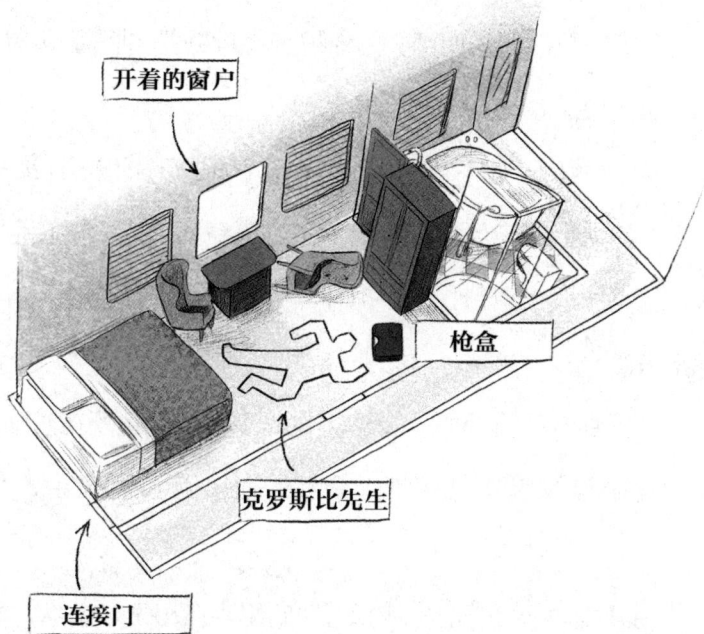

开着的窗户

枪盒

克罗斯比先生

连接门

问道，"卢瑟和我进来的时候，这个人又在哪里呢？"

"意外的情况我们已经梳理完了。我们再来看看如果有一名凶手会怎么样。"哈里森提议道。

"我来当凶手。"温斯顿主动说道，"我是已经在包厢这里了吗，等着克罗斯比先生？"

"是的，不然我锁了门之后，谁都不可能进来。"纳撒尼尔舅舅又演示了一遍走进包厢拿出枪盒的动作。"可你这时躲在哪里呢？而且你还得用我的枪打死我。如果你跳出来抢我的枪，那肯定会有打斗，你们俩在门外肯定会听见。"纳撒尼尔舅舅皱了皱眉头说道。

"如果我一开始不在车厢里，而是在你打开窗户时我钻了进来呢？"温斯顿走到敞开的窗户前，望着窗外寂静的夜色。他扶住窗框，踏上窗台，伸手抓住车顶，一用力便把整个身子荡了出去。

哈里森看了看外面。皎洁的月光下，温斯顿正在车顶边缘冲着他微笑。"我抓住了那个伞状的通风筒，"他说道，"这很容易。"

"那是因为火车现在没有动，"哈里森指出了这一点，"如果火车正常行进，这么做肯定要困难得多。试试从上面进来。"

纳撒尼尔舅舅重新调整好椅子的位置，坐了下来。温斯顿则在车顶调整了一下自己的位置。

"开始！"哈里森大喊一声，温斯顿的双腿立刻伸了进来。他踢来踢去地寻找窗沿，随后身子往下一落，一脚踩在了纳撒尼尔舅舅的身上。纳撒尼尔舅舅假装哀号一声，坐在椅子上向后倒了下去。

"这行不通。"哈里森说道,"克罗斯比先生完全可以大喊,甚至直接击毙入侵者。"

"如果……"温斯顿停下来想了想,"如果……凶手就在车顶上等着呢?当克罗斯比先生把枪伸向窗外时,他夺过枪,射杀克罗斯比先生,然后把枪扔进包厢,重新躺回车顶,等着包厢里乱成一团呢?"

"除非他是蜘蛛侠。"哈里森说道。

"这辆火车上没有多少人能爬进那扇窗户,也没有多少人能在火车行驶时在车顶上抢走一把枪,"纳撒尼尔舅舅说道,"这么做太危险了。帕特里斯倒是很强壮,可他那个个子很难从窗户挤进来。"

"而且我们看到他在睡觉,连接门又是锁着的。"哈里森说道。

"乘务员呢?"纳撒尼尔舅舅看了看哈里森。

"妈妈或许办得到,"温斯顿说道,"她是用枪的老手了,可她不会这么做。"他摇了摇头说道:"虽然这列火车上的工作人员都不喜欢克罗斯比先生,可谁也不会冒着下半辈子都要坐牢的风险把他杀了。"

“我们先把窗户排除在外吧。”纳撒尼尔舅舅说道，“如果有人躲在包厢里，等着克罗斯比先生呢？”

“可以躲在洗手间里，”哈里森提出一个想法，“或者衣柜里。”

纳撒尼尔舅舅打开衣柜，把衣架推到一边，然后整个人钻了进去并随手关上了柜门。“稍微挤了一些。”他低沉的声音从衣柜里传了出来，哈里森和温斯顿哈哈大笑。“如果是这样，埃里克搜查房间时就会找到凶手，而我或亮也会看到这个人。”说完，纳撒尼尔舅舅打开了柜门。

“温斯顿和我在帕特里斯的车厢里时，会不会有人从正门溜出来逃走了？”

“那凶手必须又快又不发出声响，”温斯顿说道，“而且包厢的门还是从里面上的锁。”

“阿米莉娅有钥匙。”纳撒尼尔舅舅说道。

“凶手有可能把克罗斯比先生的钥匙拿走了。”哈里森想了想说道，“可离开包厢后，这个人去哪里了呢？肯定没去观光车厢，那里是空的。”

“我跑去休息室找卢瑟，然后我们俩就直接回来了。”纳撒尼尔舅舅皱着眉头说道，"我没看见任何人。"

"我头都晕了。"温斯顿一屁股坐在了扶手椅上，"包厢里肯定有人，因为哈里森听到动静了。"

"如果还有别的方法出去呢？"哈里森说着，走到通往贝丽尔包厢的那扇连接门前。他凝视着那把锁。那是一个装在铰链上的黄铜钩子，看上去非常坚实，钩子放下来便能钩住墙上的挂环，以免房门被人拉开。

"两边都有锁，"纳撒尼尔舅舅说道，"两边的挂钩都得抬起来，房门才能打开。可两边都是锁着的。"

"谁有绳子？"哈里森问道。

温斯顿在口袋里翻来翻去，拿出一堆渔线，还有一些干果和一个指南针。"你想用渔线把答案钓出来吗？"他问道。

"我想做个测试。"哈里森一边说，一边把渔线缠在了钩子上，"纳撒尼尔舅舅，你去问一下贝丽尔能不能把她那边的门锁打开？"一分钟后，贝丽尔的声音从门的另一侧传了过来。

"当然，亲爱的。"贝丽尔刺耳的声音响起，"我最喜欢开展业余调查了。"门开了。"你们好呀，小伙子们。"贝丽尔说道。

"我可以进去吗？"哈里森问道。

"当然。"贝丽尔往后退了一步，看上去非常好奇。

哈里森把他们这一侧的钩子提起来，并把渔线缠在上面，然后走进了贝丽尔的房间。"如果这个方法成功了，就让我回来。"他给温斯顿留下一句话，并随手关上了连接门。紧接着，他轻轻地拉了拉渔线，另一侧的钩子咔嗒一声掉进了挂环里。

之前

渔线

"成功了！"温斯顿大喊着打开了连接门。

"什么成功了？"贝丽尔激动地问道。

"我们刚刚证明了连接门可以从另一侧上锁。"哈里森说完便跪在地上把刚刚从对侧上锁的手法画了下来。

"太让人兴奋了！"贝丽尔拍着手说道。

温斯顿打开门说道："哈里森，你是不是觉得凶手有可能离开了克罗斯比先生的包厢，从另一侧锁上连接门，然后趁帕特里斯睡觉的时候躲在他的房间里？"

哈里森点了点头："有这
个可能。"

"可那就意味着我们曾经
和凶手共处一室。"

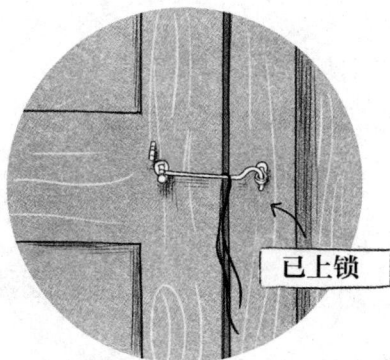

之后

已上锁

第十六章

助理侦探

"哈里森，醒醒！边境警察来了。"

哈里森坐起来，揉了揉眼睛问道："我们还要继续朝津巴布韦前进？"

纳撒尼尔舅舅站在窗前，他穿着一条白色的斜纹棉布裤和一件深蓝色的运动夹克。"看起来是这样，只等他们检查我们的护照和签证了。你最好赶紧穿好衣服。"他喝了一小口水说道。

哈里森连忙起床，往脸上拍了拍清水。"这么说警察认可埃里克的看法了？"他一边问，一边将衣服套在了身上，"他们也认为克罗斯比先生死于意外？"

"似乎是的。我们的门下面有一张纸条——埃里克让所有人检查完后去餐车集合。"

一位身穿灰蓝色衬衫的警官出现在了他们的门口。她仔细地检查着哈里森和纳撒尼尔舅舅护照上的签证信息。哈里森无端地感到一阵紧张，心脏怦怦直跳。但警官只是微笑着点了点头。"欢迎来到津巴布韦。"说完，她便把护照还给了他们，然后顺着车厢继续往前走。

"好了，"纳撒尼尔舅舅说道，"去吃早餐。该听听埃里克要说什么了。"

餐车里的气氛非常紧张。"我帮你们占了位置！"贝丽尔朝他们挥了挥手喊道。

温斯顿坐在他母亲的旁边，哈里森坐下时低声向他打了个招呼。接着，他掏出炭笔，开始给波西亚和帕特里斯画素描——他们依然坐在角落里的老位置上。帕特里斯看上去有些闷闷不乐。波西亚虽然表情平静，手却一直在摆弄着自己的餐巾。亮和皋月想必起得很早，他们的面前已经摆好了食物。当妮可和她妈妈走进来时，哈里森停下了画笔。她们径直走到桌旁坐了下来，仿佛没有看到餐车里的任何一个人。哈里森心里暗暗想着，要找个机会和妮可聊一聊，看看自己是否能帮上什么忙。

　　埃里克·洛夫乔伊走了进来。他直接走到餐车的正中央，以便所有人都能看到他，听到他说话。"感谢大家的到来，"他说道，"如各位所知，昨天晚上警察对克罗斯比先生的包厢进行了全面检查。他们得出结论：他的死确实是一场悲惨的意外。现在，他的遗体已经被运下了列车，而他所在的包厢将继续上锁，任何人不得入内。"

　　哈里森看了一眼阿米莉娅，想看看她会不会因为这个结论而感到难过，可她的表情却像海市蜃楼一样让人难以捉摸。

　　"也就是说，我们可以完成我们的旅程了。"卢瑟·阿克曼带着一丝不易察觉的喜悦，打断了埃里克的话，"边境警察也完成了检查，我们要去津巴布韦了！如果现在就出发，我们还能按时赶到万盖保护区开展今天下午的第二次游猎。"火车经理笑眯眯地环视了一下餐车。可当他看到乘客们一脸惊讶的表情时，他清了清嗓子，脸也开始红起来。

　　埃里克厌恶地看着阿克曼先生，清了清嗓子。"警方认为克

184

罗斯比先生的死是一场意外。"他继续说道,"然而,克罗斯比太太对他们的结论并不满意。经过昨晚长时间的讨论,我同意为她工作,调查枪击事件的原因。"阿米莉娅的脸上露出了一丝淡淡的微笑。"由于我在津巴布韦没有司法权,我将以私家侦探的身份行事。我将尽我所能证明这绝不是一场谋杀。"说完,埃里克看了看阿米莉娅。

听到这个消息,餐车里的人立刻小声议论起来。而哈里森则感到一丝兴奋。

"我知道,各位订游猎之星号的车票就是来度假的,你们肯定没想到车上会有私家侦探。所以,如果有人持反对意见,我希望你们能现在就提出来。"

"我觉得,如果能搞清楚克罗斯比先生到底遭遇了什么,我们所有人都能更安心一些。"波西亚说道。

"你能这么想真是太慷慨了。"贝丽尔尖声说道,同时朝埃里克眨了眨眼睛,"任何不希望对昨天的悲剧展开调查的人都有嫌疑。"她一边说,一边打量着周围的乘客。

"我非常乐意让你进行调查。"帕特里斯说着,猛地拍了一下桌子,把桌上的瓷器都震得叮当作响,"你调查得越彻底,我们便能越快回归正轨。”

乘客们纷纷表示同意。

阿米莉娅站了起来。“我很感谢你们的配合。”她说道，“我女儿和我会继续留在游猎之星号上，确保洛夫乔伊警探的调查得到必要的支持。”哈里森很好奇她到底是给了埃里克一大笔钱，还是她真的很擅长向别人施压。“如果你们中有人杀了我的丈夫，我一定会让他在监狱里度过余生。”说完，她猛地坐了下来。

“全速前进！”卢瑟迎着满屋子乘客的目光大声说道。

“谢谢各位的理解。”埃里克低下了头，“我希望尽快开始调查。早餐后，我将与你们每一个人进行谈话，为昨天的事情建立一个明确的时间表。不过现在，大家先吃饭吧！”

很快，餐车里便充满了刀叉碰撞的声音。

贝丽尔探出身子，抓住了埃里克的手说道：“你真是太厉害了，以私家侦探的身份破案真是个好主意！”

“这不是我的主意。”埃里克一边回答，一边任由贝丽尔拉着自己坐在了她的旁边。他看了看纳撒尼尔舅舅，压低了声音说道：“我还是认为这是一场意外，但如果这么做能让克罗斯比太太满意，同时确保火车完成这趟旅程，那又何妨呢？我会尽可能快一些，有条不紊，免得毁了大家的假期。"说着，他给自己倒了一杯咖啡。

"我自己也沿着几条线索进行了调查。"哈里森说道，他希望自己所说的话听上去更专业。

"画了更多的画吗？"埃里克问道。

哈里森点了点头，翻开了速写本说道："我把犯罪现场画出来了。昨天晚上，我们还进行了一次犯罪模拟，验证了几种可能的推论……"

"真的吗？"埃里克微笑着看了看纳撒尼尔舅舅，"你看啊，通常情况下，我会和一名助手一同展开调查，这个人必须能合理反驳各种推论，并帮助我梳理案情。"他停顿了一下。"我听说过你之前在苏格兰和美国破的案子。我想问问……哈里森，你愿意当我的助理侦探吗？"埃里克说道。

哈里森又惊又喜，他张大了嘴巴，语无伦次地说道："我……我……好吧，好，拜托了。我的意思是，谢谢你。"

"我也能当助理吗？"坐在椅子上的温斯顿早就转过身来听他们说话了。

"温斯顿，真巧，"埃里克严肃地说道，"我正准备问你想不想加入我们的团队。"

　　"真的吗？"温斯顿看上去非常高兴。

　　"如果你妈妈同意的话。"埃里克看了看利阿娜，她点了点头。

　　"确实要给温斯顿找些有用的事情做。他和奇波要把厨房的员工们都逼疯了。"利阿娜说道。

　　"按洛夫乔伊警探说的做，哈里森，"纳撒尼尔舅舅意味深长地看了哈里森一眼，"你或许能学到一些东西。"

　　"我不认为这里有什么凶手要抓，但他肯定能学会如何泡一杯浓咖啡。"埃里克说完，大家都笑了起来。

　　哈里森朝舅舅点了点头。他很清楚，舅舅指的其实是他们前一天晚上无意中听到埃里克谈论的那桩秘密案件。

第 十 七 章

不在场证明

游猎之星号从穆西纳的侧线上退了出来，缓缓地开上了艾尔弗雷德·拜特大桥。桥下的林波波河正处于南非与津巴布韦的边界。

"林波波河最有名的就是食人鳄鱼。"坐在哈里森对面吃早餐的贝丽尔说道，"这是真的！我听过一个非常可怕的故事：有一名走私犯把自己的敌人全都扔下河喂鳄鱼了。"她眨了眨眼睛，在笔记本上草草地记下了这个故事。

早餐后，洛夫乔伊邀请哈里森和温斯顿前往卢瑟为他安排的工作包厢。这里和哈里森住的包厢几乎一模一样，只不过扶手椅被挪到一旁，给从餐车里搬来的一套桌椅腾出了位置。

"我们能做什么？"一进门，哈里森就急切地问道。

"我准备把我们的嫌疑人一个个叫来问话，听一下他们对昨天晚上发生的事情的看法。我会要求每位乘客告诉我他们在下午茶之后做了什么，以及他们和克罗斯比先生的关系。我希望你们把听到的所有内容都记下来。你们如果也有问题要问，可以直接提出来——但你们绝对不能透露其他人说了什么。明白了吗？"埃里克说道。

哈里森咽了口唾沫。他还从来没有正式问询过犯罪嫌疑人，心里不免一阵紧张。可他确实想把事情做好。"我可以画一张火车的平面图，标出谋杀案发生时每个人所在的位置。"他诚恳地说道。

"好主意。"埃里克赞许地点了点头。

"我需要一张大一些的纸。"哈里森打开床边的抽屉，拿出一张印有游猎之星号标志的 A4 纸。

"好了，在其他人过来之前，我先问问你们两个。纳撒尼尔告诉我你们俩当时在一起，就在克罗斯比先生的门外，而且你们也听到了他的枪声。"

"对。"哈里森点着头说道。然后他和温斯顿轮流解释了一遍枪响前后发生的事情。

"你们说姆巴塔先生的包厢门是半开着的？"埃里克一边问一边做着记录，"但是他在里面，睡得正香？"

"是的。"温斯顿答道，"所以奇波才跑了进去。"

哈里森皱起了眉头。听温斯顿这么描述了一遍，帕特里斯房门半开着这件事倒让他觉得有些奇怪了。

"好，我觉得我问完了，"埃里克看着自己的笔记本说道，"除非你们俩还有什么事情没有告诉我。"

"只有一点，我确信在枪响之后，我听到有人在包厢里走动。"哈里森说道。

"这一点我已经记下来了，"埃里克点了点头，"非常奇怪。"

"我们先找谁来谈话？"温斯顿看着埃里克的乘客名单问道。

"我们从阿米莉娅·克罗斯比开始。"埃里克苦笑着答道，"我让卡雅去把她带过来。"

五分钟后，面无表情的阿米莉娅走进了包厢，坐在为她准备的空扶手椅上。她看了看肩并肩坐在桌旁的哈里森和温斯顿，又看了看坐在她对面的埃里克。"这两个孩子在这儿干什么？"她微微蹙起眉头问道。

阿米莉亚·克罗斯比

"你还记得几个月前，亿万富翁奥古斯特·雷扎的女儿在美国被绑架那件事吗？"

"我当然记得。"她不屑地说道，"我在社交活动上见过奥古斯特很多次。"

"那你一定记得侦破那起案件的是一个男孩，"他指了指满脸通红的哈里森，"那个男孩就是哈里森·贝克。"

阿米莉亚打量着哈里森，就好像之前从来没有见过他一样，"如果我的记忆没出问题的话，警察当时没把你说的话当一回事，但你还是坚持调查并破了案？"她的语气缓和了不少。

"是的。"哈里森还没来得及回答，埃里克便先开了口，"我认为在这起案件中，让哈里森加入是个很好的主意。"

"确实是个好主意，因为就像我跟你说过的一样，默文在用枪这件事上绝对不可能出意外，他在睡梦中都能拆卸枪支。有人杀了他，并将其伪装成一场意外。我知道肯定是这样，这太恐怖了。"她往前探了探身子，小声说道，"如果凶手还想干掉妮可或者我怎么办？"

哈里森从没想过克罗斯比太太其实也受到了惊吓。他仔细地端详着她：头发松散地披在肩上，一根手指上的指甲也断了。他站起来说道："请别担心，克罗斯比太太。我不会让你和妮可出事的。"

"哈里森说的也正是我想说的。如果你觉得这么做能让你安心一些的话，我可以让卢瑟安排乘务员守在你们的门外。"埃里克说道。

"好的，谢谢你。"阿米莉娅点了点头。

"我需要问一下你昨天下午做了什么。"埃里克按了下手上的笔，"下午茶后，你离开观光车厢去哪里了？"

"我跟着妮可回了她的包厢——就在我和默文车厢的前一节车厢里。你应该也听到了，她当时和她爸爸吵了一架。"

"我当时并不在场。他们在吵什么？"埃里克问道。

"妮可很聪明，"阿米莉娅露出了骄傲的笑容，"她想去哈佛大学学习商科，可默文并不喜欢她的这个想法。我们在游猎时，那个叫波西亚的女人提起妮可想上大学的事，这让默文非常生气。下午茶时，他告诉妮可他不想让她去上大学，结果就像往常一样，妮可怒气冲冲地走了，我追了上去。我们走进她的包厢，我努力让她冷静，安慰她说她可以去上大学。"她脸上的笑容消失了。"我让妮可去洗了个澡。她洗澡的时候，我在外面看电视。我不想回去听默文发脾气。他是个性子很急的人，"她停顿了一下，"他曾经是个性子很急的人……"她的声音也渐渐低沉了下去。

"你看了多长时间的电视？"埃里克温柔地问道。

"直到有人过来说你想在餐车见一下我和妮可时。"她眨了眨眼睛。哈里森注意到她的眼里并没有泪水。

"你丈夫有什么仇人吗，克罗斯比太太？"埃里克问道。

阿米莉娅突如其来的大笑把哈里森吓了一跳。稍微平静下来后，她说道："我们直说吧，好吗？所有人都讨厌默文，而且他就喜欢这样。他觉得这是他成功的标志。"

"你讨厌他吗？"埃里克问道。哈里森屏住了呼吸。

"现在不讨厌了。"阿米莉娅有些酸楚地一笑，"做默文·克

194

罗斯比的妻子并不容易。"她摇了摇头。"我相信你早晚也会查出来的，所以不如让我帮你节约一些时间。他所有的钱都归妮可了。我签了一份婚前协议，他去世后我只会得到一栋普通的房子和一笔补贴。"她身体向前倾了倾，"我也许不爱我的丈夫，洛夫乔伊先生，但我非常爱我的女儿。如果凶手是为了钱而杀了默文，那妮可就有危险了，我会不惜一切代价保护她。"

"我也会的。"埃里克安慰她道，"谢谢你的坦率，克罗斯比太太。"

"叫我阿米莉娅就行。"她在椅子上坐直了身子。

"你认出这列火车上有谁是你丈夫的仇人吗？"

"没有，应该没有什么正儿八经的仇人或是生意上的对头。所以这件事情才格外可怕。"

"谢谢你。我暂时没有别的问题了。可以让你女儿进来和我们聊一聊吗？"

她站了起来说道："我去把妮可带过来。"

门关上后，哈里森和温斯顿对视了一下。

"好吧，这我可真没想到！"哈里森小声说道。

"记住，"埃里克说道，"我们需要认真聆听并记录。她成功博得了我们的同情。阿米莉娅是一个非常聪明的女人，她知道自己要做什么。"

"可我觉得她是真的害怕了。"哈里森答道。

"嗯，"埃里克点了点头，"我也觉得。"

一阵轻轻的敲门声后，妮可走了进来。看到哈里森和温斯顿也在，她看上去有些困惑，但同时也松了一口气。

"你没事吧？"哈里森问道。

妮可点了点头。温斯顿把奇波抱了过去。小家伙摸了摸妮可的鼻子，把她逗笑了。

"我们是洛夫乔伊警探的助手。"哈里森解释道。

"我们是来帮忙的。"温斯顿说完咧嘴一笑。妮可的表情也放轻松了很多。

"我坐这儿？"她指了指旁边的一把椅子问道。

妮可·克罗斯比

"你想坐哪里就坐哪里。"埃里克温和地说道，"我只有几个问题要问一下你。"

妮可坐下后，用口袋里的发圈把头发盘成了一个发髻。"好吧，你想知道什么？"她问道。

"你妈妈说你和你爸爸吵完架后，她跟着你回了你的包厢，还让你洗了个澡。"

"是的。"妮可点了点头。

"你洗澡的时候有和你妈妈说话吗？或者她中途有出去过吗？"

"没有。我听见妈妈在换电视频道，但我们没说话。"

"你洗澡洗了多久？"

"四十五分钟。然后妈妈来敲门，说你想在餐车里见一下我们。"妮可耸了耸肩膀答道。

"我要问的就这么多了，除非你知道火车上为什么有人想要伤害你的爸爸。"埃里克点了点头说道。

妮可长叹了一口气说道："我爸爸是个相当残忍的人，"她停顿了一下。"人们都觉得他是坏人，但他们其实没有真正地见识过他是什么样的。我曾亲眼见过他毁了别人的生活，他还以猎杀动物为乐。"她看着哈里森和温斯顿，"我曾经很害怕自己会变得和他一样，但后来有人告诉我，除了我自己，谁也不能决定我要成为什么样的人。"她紧紧地咬住下嘴唇，样子看起来有些倔强。

"这是条很好的建议。"埃里克说道，"谁跟你说的？"

"波西亚·拉玛波阿。她是国际商业青年女性论坛的导师之一。她真的让我备受鼓舞。"

"你认识她多久了？"

"我上了这趟火车才第一次见到她。"妮可说道。"但几个月以来，我们一直在通信。她真的很懂我。"她咽了口唾沫，"你们都觉得我会因为我老爸的事而难过，可……"她的下嘴唇颤抖了一下，"我不难过。他是个非常糟糕的人。可我又在想，我丝毫也不难过是不是说明我也是个坏人？"她忍不住抽泣了起来。

温斯顿急忙走上前去，从口袋里掏出一包纸巾递给了她。"你是个好人，我认为你非常勇敢。"他说道，"奇波也这么认为。是不是？奇波。"

奇波尖叫了一声，妮可带着眼泪笑了出来。

埃里克看着哈里森，并向门口点了点头。

"我们没有别的问题了。"哈里森说着向妮可走了过去，"你可以走了。"

"谢谢。"她向他投去了一个不易察觉的笑容。

"好好休息一下。"妮可离开包厢时，埃里克说了一句。

她走后，包厢里沉默了很长一段时间。妮可复杂的感受让哈里森吓了一跳，同时，他又很庆幸自己拥有一个平凡但却充满爱的家庭。

"好了，侦探们，从刚刚的问询中我们得到了什么有用的信息吗？"

"有的。"哈里森说着，坐回了桌旁的座位。他低头看了看阿米莉娅和妮可接受问询时自己给她们画的素描，并在火车草图上标出了她们的位置。"我们得知妮可和波西亚在火车离开比勒陀利亚之前就认识了。而且，如果妮可安安稳稳地在浴缸里泡了四十五分钟……那就意味着阿米莉娅其实并没有丈夫遇害时的不在场证明。"

"说对了！"埃里克·洛夫乔伊说道。

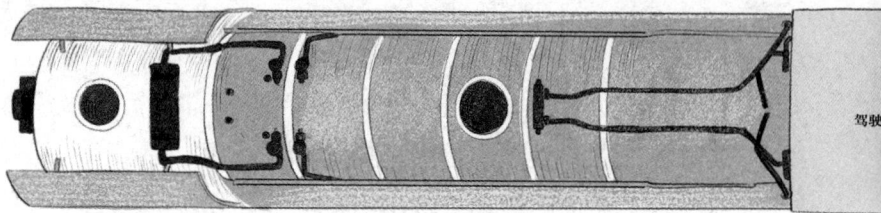

1.

| 发电机 | 储藏室 | 被单毛巾柜 | 奇波的跑道 | 利阿娜和温斯顿的包厢 | 乘务员休息室 |

3.

利阿娜·索索贝

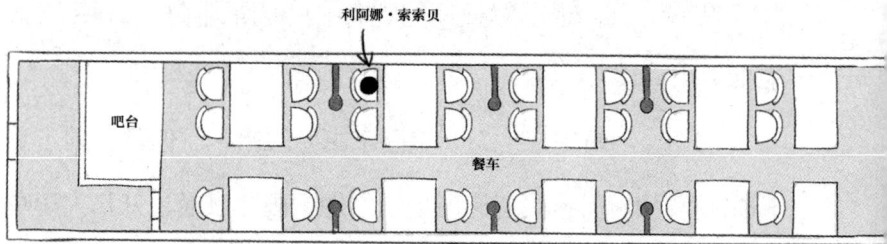

| 吧台 | 餐车 |

5.

佐佐木亮　　佐佐木皋月

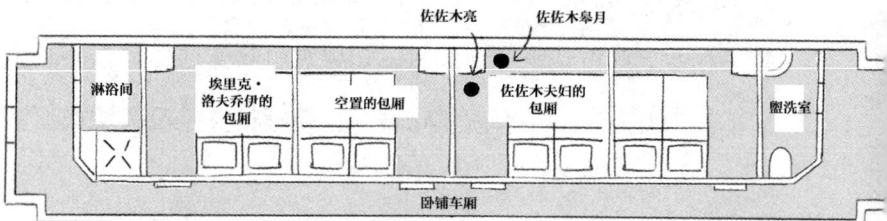

| 淋浴间 | 埃里克·洛夫乔伊的包厢 | 空置的包厢 | 佐佐木夫妇的包厢 | 盥洗室 |

卧铺车厢

7.

妮可·克罗斯比　　　阿米莉娅·克罗斯比

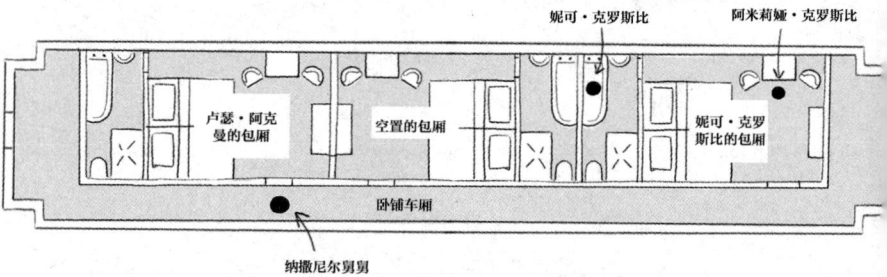

| 卢瑟·阿克曼的包厢 | 空置的包厢 | 妮可·克罗斯比的包厢 |

卧铺车厢

纳撒尼尔舅舅

9.

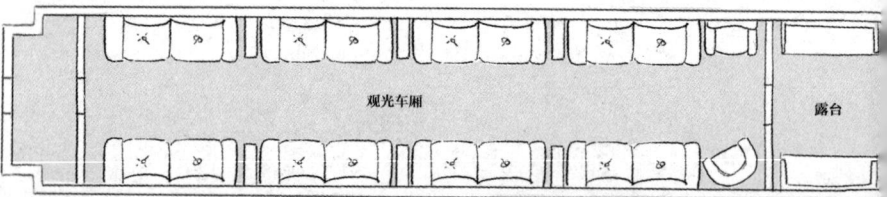

| 观光车厢 | 露台 |

11.

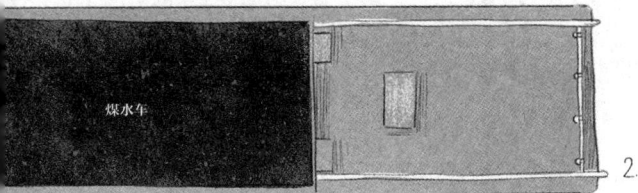

煤水车

2.

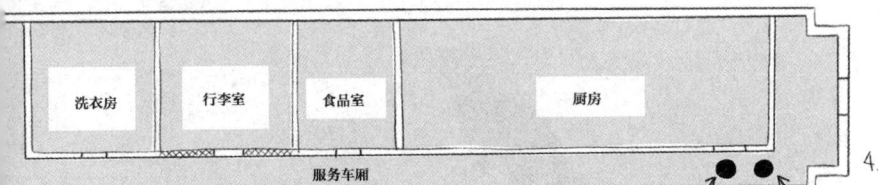

| 洗衣房 | 行李室 | 食品室 | 厨房 |

服务车厢

4.

埃里克·洛夫乔伊　　波西亚·拉玛波阿

贝丽尔·布拉什

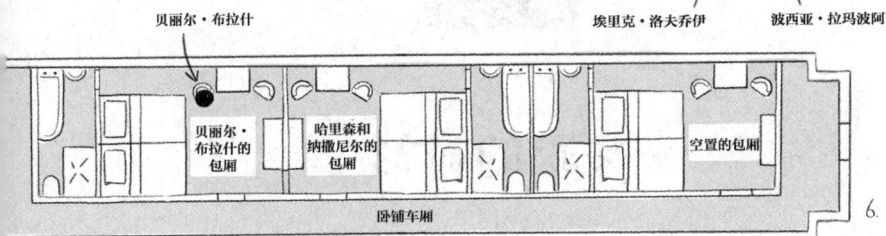

贝丽尔·布拉什的包厢　　哈里森和纳撒尼尔的包厢　　空置的包厢

卧铺车厢

6.

卢瑟·阿克曼

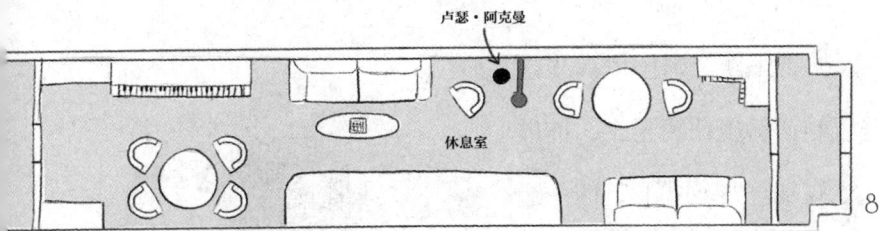

休息室

8.

帕特里斯·姆巴塔　　　　默文·克罗斯比

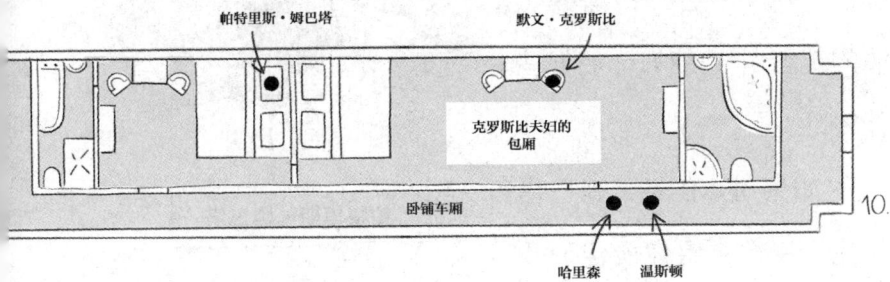

克罗斯比夫妇的包厢

卧铺车厢

10.

哈里森　　温斯顿

第十八章

失踪的衬衫

帕特里斯·姆巴塔踱步走进包厢，斜坐在椅子上，伸展开了双腿。"先生们，"他一边说，一边向三人投去了非常热情的笑容，"我能为你们做些什么呢？"

"如果可以的话，姆巴塔先生，我们希望你能告诉我

帕特里斯·姆巴塔

们，昨天下午你离开观光车厢后都做了些什么。"

"我回自己的包厢睡了个午觉，"他举起双手，"仅此而已。枪响时，我正在睡觉。"

"我还以为只有老人和婴儿才会睡午觉。"温斯顿开玩笑道。

帕特里斯哈哈大笑。"美容觉，"他拍了拍自己的脸颊，"能让我在镜头前保持容光焕发的状态。"

"枪声没把你吵醒吗？"

"我戴了耳塞和眼罩，这是我在片场的拖车里睡午觉时养成的习惯。我什么也没听到。"

"你是怎么醒的？"哈里森问道，"你后来走出包厢，还问了一句'出什么事了？'。"

"我的手表装有一个振动闹钟。"他抬起手腕，"我本来打算闹钟响后洗个澡，然后去吃晚饭，可当我从床上坐起来时，我看到走廊里站了好多人。于是我起身走到门口，取出了耳塞。"

"所以你是故意没关包厢房门的吗？"哈里森继续追问。

"我……"他清了清喉咙，坐直了身子，"不是，我肯定是一不小心忘记把门关上了。"

"这一点非常有用。"埃里克一边说一边做着记录，"还有一件事——你是怎么认识克罗斯比先生的？"

"我不认识他，不算真的认识。"

"但你曾表示他认识你。"哈里森指了出来。

"嗯，是啊，结果发现克罗斯比先生根本记不住我这种无名小辈。"帕特里斯扮了个鬼脸，"但我永远也不会忘记他。"

"他做了什么让你如此印象深刻？"哈里森问道。

"他确实让我印象深刻。"帕特里斯往前倾了倾身子，"他毁了我的职业生涯。"

"怎么回事？"埃里克突然来了兴趣。

"我出演过一部由克罗斯比先生的公司——克罗斯金制作的好莱坞电影。那是我演艺生涯的一次重大突破，我在影片中扮演传奇拳击手——'龙卷风'。为了这个角色，我前前后后一共试了六次镜。当我最终得到这个角色时，制片人要求我必须增重。我花了好几个月的时间吃鸡蛋和红肉，喝蛋白质奶昔，天一亮就起床去健身房锻炼，好不容易增重了三十多斤并且练出了实打实的肌肉。第一周拍摄结束后，默文·克罗斯比来到了位于洛杉矶的片场。有机会见到这位投资过多部电影的大亨，所有人都很激动，其中也包括我。他问我演的是谁，当我说我演的是'龙卷风'时，他突然大叫起来："不，不行，你被解雇了！'他朝我大叫。你们听听他是怎样责备导演的吧："你选的这是个什么怪物？这家伙在大银幕上的效果肯定糟糕透顶——他太胖了。重新选角。'他当时就是这么无情地对导演说的。"帕特里斯耸了耸肩，"然后他就走开了。可我为那个角色付出了那么多的努力，我不想让他一句话就把我的努力扔进垃圾堆里。所以，我追了上去，百般恳求他。他嘲笑了我一番，而我也把心里对他的看法告诉了他。"帕特里斯撇了撇嘴，说道："他可不喜欢我的看法。随后，保安把我赶出了片场。克罗斯比还放出话去，说我脾气不好。"

帕特里斯说话时不知不觉握紧了拳头："你们猜怎么着？后来我的经纪人和我解了约，我连着两年一份工作也没有找到。到目前为止，我还是只能在南非本地演演戏。那个人毁了我的人生，不过这对他来说简直微不足道，他甚至不记得我的名字。"

"这件事让你很气愤吧？"埃里克问道。

"当然让我很气愤了，"帕特里斯一脸怒气地看着埃里克，"但我没有杀他，如果你是暗指这一点的话。我没有那么蠢，自制力也没有那么差，我不会为了那样一个人去坐牢。我犯不着为了弄死他搭上我自己的人生。"

"你事先知道默文·克罗斯比也在游猎之星号上吗？"

"如果知道的话，我就不会来了。"

帕特里斯走后，温斯顿长叹了一口气，说道："如果让帕特里斯参演，那部电影肯定会成为经典。现在那部电影糟透了。"

"我觉得我们接下来应该找波西亚·拉玛波阿聊一聊。"埃里克大声说道。

波西亚穿着一件绿金相间的丝绸夹克，一脸谨慎地走进了包厢。进门后，她坐在了椅子的边沿上，就好像她不打算久坐似的。

洛夫乔伊照例询问她枪击发生时她在哪里。"我当时在厨房里和厨师说话。"她说道。哈里森在图上给她做了个记号。"我的营养师里昂先生对他们提了一些特别的要求——这件事现在大家都知道了。"她瞥了哈里森一眼。哈里森顿时感觉到了局促不安。"我想确保阿克曼先生的员工按照要求为

波西亚·拉玛波阿

206

我准备了晚餐。"她接着说道。

"在服务车厢里，餐车前面的那一节？"温斯顿问道。

"我当时在火车的另一头。你亲眼看到我在那儿的，侦探先生。"波西亚点了点头说道。

"是的。"埃里克点了点头，"我在走廊里和你擦肩而过。你说的完全正确。"

"你听到枪声了吗？"哈里森问道。

波西亚摇了摇头说道："车上太吵了——锅碗瓢盆叮叮当当地响个没完。跟他们沟通完后，我就回去找帕特里斯，准备换衣服去吃晚餐了。当我快走到我们的包厢时，我看到人们都挤在走廊里。那时我才刚知道发生了枪击案。"

"帕特里斯不想和你一起去厨房？"埃里克问道。

波西亚看着埃里克，好像他说了什么傻话似的。紧接着，她摇了摇头说道："帕特里斯当时在睡午觉。"

"他经常睡午觉吗？"

"帕特里斯在睡觉的时候才是最开心的，他就像阳光下的狮子。"她的语气听起来非常骄傲，脸上的表情却带着一丝嘲弄。

"你呢？"

"我可不是靠睡午觉变成杰出商业领袖的。"她微微一笑说道。

"你之前见过克罗斯比先生吗？"哈里森问道。

"没有。"波西亚说道，"不过，当然了，我听说过这个人。人们都叫他'大白鲨'。他那套掠夺性的商业手段让他远近闻名。不过我没有什么特别的理由不喜欢他。"

"帕特里斯之前也知道克罗斯比先生吗？"哈里森继续追问道。

"帕特里斯有充足的理由讨厌默文·克罗斯比，但我并不怨恨默文。"

"你事先知道克罗斯比一家也会搭乘游猎之星号吗？"埃里克问道。

"我是妮可·克罗斯比的导师，她跟我说过。"波西亚点了点头说道。

"所以你才买了票？"

"这是一个原因，"波西亚露出了微笑，"妮可老早就说了想要见我一面。当然，我也觉得来一趟游猎之旅挺浪漫的。"

"但你没告诉帕特里斯？"尽管这么提问有冒犯的意思，但哈里森还是忍不住开口问了。

"当然没有，不然他肯定不会来的。因为我希望这趟旅行能帮助他放下心魔。"她停下来，斟酌了一下自己刚刚的用词，然后对着埃里克微微一笑，"你知道我是什么意思。"

"明白。"哈里森点了点头，"谢谢你，拉玛波阿女士。我暂时没有别的问题了。"

哈里森皱着眉头，回想起他无意中听到的那段争吵。他记得波西亚说过"这不仅仅关乎你的尊严"这句话。她起身离开时，哈里森在她的素描下面写下了这句话，并暗暗揣度她这么说到底是什么意思。

"她的不在场证明没有任何问题。"波西亚走后，埃里克说道，"我去厨房拿水果时，正巧在那儿看到她了。"他停顿了一下，伸手从水果盘里拿了一个翠绿的苹果，又从口袋里掏出一把小刀削起了苹果。

"她对我们有所隐瞒。"埃里克吃苹果时，哈里森若有所思地说道，"真想知道是什么事情。"

贝丽尔·布拉什裹着围巾走了进来。"你们可真坏！"她坐下来，用手背抵着额头叫道，"审讯我！天哪，多刺激啊！"她咯咯地笑起来。

哈里森微微一笑，他越来越喜欢贝丽尔了。

"游猎之星号上发生了一起真实的谋杀案！说实话，我本来准备自己编一段的，但照现在这个发展速度来看，我的书自己就能把故事写完了。"她把手放在膝上，"来吧，问我问题吧！"

"我们进行这番调查就是为了排除谋杀的可能性。"埃里克一边说，一边把笔记本翻到了新的一页，"你当时在哪里……"

"谋杀案发生时吗？我很高兴你这么问了，因为我记得清清楚楚。我当时正在我自己的包厢里写作。下午茶时发生了那么多充满戏剧性的事情，我一时间文思泉涌。"她把手在脑袋两边晃了晃，"所有人都冲了出去，我忽然发现观光车厢里只剩我和默文·克罗斯比了。你知道那个可怕的男人对我说了什么吗？我正准备吃我的那块水果蛋糕，结果他在车厢另一头喊了一句'对你这样身材的女人来说，这可不是个好主意'。"

贝丽尔·布拉什

"那么，你做了什么？"哈

210

里森好奇地问道。

"我说：'你说得对。这确实不是个好主意，这是个绝佳的主意。'然后，我一口将整块蛋糕吃了下去，拿起我的东西，走出了车厢。真是讨厌！像他这样的人居然还来教训我？我跟你说，我的好几本经典之作都是吃着蛋糕写好的。"

哈里森咧嘴一笑。

"不管怎么样，我当时正在自己的包厢里写作，窗户也没有关，因为我还一度觉得空调的噪声会让我分心。突然，我听到了交火的声音！我看了一下表，正好是 3 点 57 分。当然了，我后来才意识到我用的还是伦敦时间，我应该把时间往前调调。事实上应该是 5 点 57 分。"

"然后你做了什么？"埃里克问道。

"我把这件事写了下来。"

"你把这件事写了下来？"

"对！我翻到新的一页，把当时的具体情况写了下来，准备之后加进我的书里。当然，我没有想到真的有人被杀了。我以为那都是神圣的天意。就像我之前说的，这本书自己就把故事写完了！"

"你之前见过克罗斯比先生吗？"哈里森问道。

"谢天谢地，没有。"贝丽尔说着摇了摇头。"他是个卑鄙的家伙，或者说曾经是。噢，天哪，我不该说死者的坏话。"她扬起了眉毛，"这是不是会让我听起来很有嫌疑？"

埃里克忍不住笑了出来。

"好了……"贝丽尔在手提包里翻了翻，拿出了她的笔记本，"你肯定还要问我，这列火车上有没有可疑的人，我确实有怀疑的对象，而且，我觉得每个人都有嫌疑。佐佐木夫妇一直在用日语交谈，其他人谁也听不懂，他们在说什么都有可能！或者……"她舔了舔手指，翻了一页，接着说道："妮可·克罗斯比呢？你知道她是素食主义者吗？她可能是某个极端动物保护组织的秘密成员，由于她父亲热衷于射杀濒危动物，所以她谋杀了自己的父亲。还有纳撒尼尔·布拉德肖……"

"这些都是你小说里的情节？"温斯顿问道。

"那可不！不过，说不定哪一个就是真的！"

哈里森努力没有笑出声来。

"你可以把笔记本暂时借给我们吗？"埃里克问道。

"那恐怕不行。"她连忙将本子放回了包里，"作家的笔记本非常神圣。"

突然，门外传来一阵敲门声。是阿米莉娅。她看起来非常痛苦，睫毛膏花了，想必刚刚一直在揉眼睛。"我得跟你谈一谈，洛夫乔伊先生。"她有气无力地说道。

"你可以走了，贝丽尔。"埃里克说着，把贝丽尔引出了房间，"不过，我稍后可能还要再问你几个问题。"他故意朝她眨了下眼睛，贝丽尔则咯咯地笑了几声。埃里克把门关上后，扭头看着阿米莉娅。"怎么了？"他问道。

"默文的衬衫都不见了。"

"不见了？"

"我搬进了妮可的包厢。阿克曼先生让他的员工帮我们把皇家套房里的行李拿了过来。我检查了一下行李，把默文的东西单独装进了一个行李箱，准备运回美国，但他的衬衫都不见了。我刚刚问了负责整理衣柜的乘务员，他们说根本就没看到过衬衫，但这绝对不可能。我一共给默文带了五件粉红色的衬衫。他身上穿着一件，就在他……你懂的……"她实在说不下去了，"应该还有四件非常昂贵的衬衫需要打包，但它们都不见了。"

"真奇怪！"埃里克皱起了眉头。他看了看哈里森和温斯顿，"孩子们，我们休息一下吧！三十分钟后，我们再在这里碰头。"

第十九章

铁轨上的大象

"当助理侦探好容易饿啊！"温斯顿说着，抱起了奇波，"我们去厨房吃些零食怎么样？"

哈里森跟着温斯顿来到餐车时，他觉察到火车正在减速。"怎么回事？我们为什么要停车？"随着游猎之星号发出短短的汽笛声，他们打开窗户，把头探了出去。

"铁轨上有一头大象！"温斯顿指了指前方。

火车渐行渐缓，最终在距离大象三四米远的地方停了下来，而大象却依然迈着笨重的步伐，在道砟上悠闲地走着。

希拉再次拉响了火车的汽笛。

其他乘客与乘务员也纷纷从窗户里探出头来，大家都想搞清楚到底发生了什么事。

哈里森看见弗洛从火车上跳了下去。紧接着，利阿娜追上去和她说了几句话。弗洛指了指前方，利阿娜则点了点头。

"我们去帮她们。"温斯顿说道。

"她们要干什么？"

"把大象从铁轨上赶下去。既然这里有一头大象，那这附近肯定有象群。我们可不想造成踩踏事故。"温斯顿一边说，一边快步走到了门口。"游猎之星号的速度很慢，这样既能让游客们看到动物，又不至于伤害到它们。通常，汽笛声就能把它们赶下铁轨，但如果这招不管用，妈妈就会想办法驱赶它们。"

"怎么才能驱赶大象？"哈里森很是好奇。

温斯顿指了指旁边说道："把那个银托盘带上，我们走。"

哈里森拿起银托盘，跳下火车，与温斯顿一起快步加入了卡雅和另外两名厨房伙计的行列——他们正拿着锅碗瓢盆站在利阿娜和弗洛的身旁。

"我们会让珍妮斯继续以最低的速度行驶，"弗洛对利阿娜说道，"同时每隔一段时间拉响一次汽笛。"

利阿娜点了点头说道："咱们试着把大象赶回树林里吧。"

看见温斯顿，卡雅微微一笑，递给了他一个煎锅和一把木勺。

"阿克曼先生呢？"哈里森环顾四周问道。

弗洛苦笑了一下，说道："我哥哥不喜欢干体力活。"说完，她与利阿娜对视了一下，似乎两人对这件事抱有相同的看法。"我负责看好火车，利阿娜负责看好动物，而卢瑟负责像乘客一样待着。"说完，她爬进驾驶室，把自己的计划告诉了希拉和格雷格。

哈里森跟着大伙儿，一行人在利阿娜的手势指引下朝大象走去。

"等等我！"哈里森顺着声音回过头，看到贝丽尔正小心翼翼地走过碎石路。"我也想帮忙！"贝丽尔喊道。

大伙儿开始敲打手中的锅碗瓢盆。哈里森没有什么东西可以用来敲手上的银托盘，于是他索性脱下鞋子，加入了这支欢快的"厨具乐队"。贝丽尔拍着手，模仿着电影中的那些怪物呜咽怪叫。哈里森也在队伍中一会儿放声大笑，一会儿高声呼喊。

游猎之星号的汽笛声再次响起，火车以近乎步行的速度缓缓地动了起来。

火车就这样小心翼翼地从大象身边驶过。火车经过时，哈里森向休息室里的纳撒尼尔舅舅挥了挥手。舅舅正把头探出窗外，注视着半藏在树丛中的象群。

回到火车上后，两个男孩径直跑去了休息室。纳撒尼尔舅舅正坐在那儿，腿上还放着他的日记本。

"你看到我们赶大象了吗？"哈里森激动地喘着粗气问道。

纳撒尼尔舅舅点了点头。"真希望能跟你们一起去，可我的脚踝今天还是不太舒服，"他努了努鼻子，"摸起来倒是软了一些。"

"你在写作吗？"哈里森朝舅舅的日记本点了点头。

"不。事实上，我一直在研究游猎之星号。"他指了指书架，"这列列车的车厢是从不同地方收购来的，它们不仅来自不同的地方，就连制造年份也比较久远。比如，有几节车厢是一百年前万国卧车公司在比利时制造完成的，在第二次世界大战之前，它们原本用在东方快车上。我觉得这列火车上肯定有很多隐秘的藏身处和暗门，方便那个时候的人们跨境转运文件和违禁品。"

"酷！"哈里森和温斯顿兴奋地互相看看。

"跟你们说实话，看到你们能和埃里克一起破案，我还真有些忌妒。你们发现什么秘密了吗？"

"我们发现帕特里斯非常讨厌克罗斯比先生，因为克罗斯比先生害帕特里斯白吃了很多鸡蛋和红肉，还毁了他的事业。"

"你再说一遍？"纳撒尼尔舅舅吃惊地睁大了双眼。

"温斯顿！我们不能把问询时人们说的话告诉任何人，你还记得吗？"

"但这是你的舅舅。"温斯顿反驳道。

"我们得回去了，"哈里森说道，"已经过去半个小时了。"

"我和你们一起去。"纳撒尼尔舅舅也站了起来，"埃里克接下来可能要跟我谈话了。"

三人一同返回了那个包厢——温斯顿坚持要把那里称为"审讯室"。

"你来这儿干什么，纳撒尼尔？"埃里克问道。

"我准备好接受问询了。我可不想因为我们是老朋友，所以有什么特别优待。"纳撒尼尔坐在椅子上，郑重其事地说道。

埃里克挠了挠头，说道："我没打算问你。真没这个必要。"

他指了指旁边的两个男孩。"我们三个人都很清楚你当时在哪里，而且你根本没有杀害克罗斯比先生的动机，所以……"他耸了耸肩膀，"我本来打算最后再把你叫进来，跟你一起核对一下其他人的不在场证明。"

"啊，我懂了。不过，我觉得我肯定能帮上什么忙。"纳撒尼尔舅舅停下来思索了片刻，"哈里森和温斯顿跟你讲了我们一起模拟犯罪现场的情况吗？"

温斯顿对着哈里森会意一笑。

哈里森把他们在自己包厢里发现的从包厢连接门出入并锁上的方法以及可能的藏身之处说了一遍。埃里克从桌上探过身子，聚精会神地听着。"你真觉得你们在帕特里斯房里时，有人有机会离开克罗斯比先生的包厢吗？"他饶有兴趣地问道。

"有可能，"哈里森说道，"但走廊尽头的人有可能会看到这个人。"

"休息室前面有一间空的包厢，"纳撒尼尔舅舅指着哈里森画的火车示意图说道，"会不会有人躲在里面？"

"那里应该是锁着的。"温斯顿说道。

"有意思。"埃里克感叹了一句。"还有……你用渔线在连接门那儿玩的那个小把戏，"他指了指草图，"你花了多长时间准备好的？"

"只用了几秒钟。"哈里森说道，"噢！我们想问一下你有关克罗斯比先生包厢钥匙的情况——你搜查包厢时，钥匙还在里面吗？"

"在他的桌子上。"

哈里森在示意图上又加了一把钥匙。

"那就排除了有人用克罗斯比先生的钥匙逃跑的可能了。"纳撒尼尔舅舅叹了口气。

"你还真是帮大忙了，纳撒尼尔。"埃里克说道，"如果我要在午饭前把所有人都过一遍，那我现在必须跟佐佐木夫妇聊一聊了。"

纳撒尼尔舅舅看上去有些垂头丧气，他留下一句"预祝破案顺利"便离开了包厢。

"他肯定很羡慕我们能当助理侦探。"温斯顿咯咯地笑了笑，小声对哈里森说道。

哈里森点了点头，一阵内疚涌上心头。

"希望你别介意我们俩一起进来，侦探先生。皋月担心如果我不帮忙翻译的话，她可能没办法回答你们的问题。"佐佐木亮一边说，一边和皋月一起坐了下来。

"没关系，佐佐木先生，"埃里克看着皋月微微一笑，"用不了多长时间的。我们先说说默文·克罗斯比先生死的时候你们在哪里吧。"

"我们在自己的包厢里，我们俩当时在一起。"亮说道，"下午茶那阵不愉快的骚动之后，我们就回了包厢。"皋月用日语对亮说了

佐佐木皋月和佐佐木亮

几句话，然后指了指窗户。"对了，"亮转向埃里克，"我们看到一只猛禽正借着火车喷出的热气在空中飞行。"他用手比画了一下鸟儿飞行的样子，又补充了一句："非常美妙。"

"枪响时你们在包厢里？"

"对，我听到了枪声。当时我还望了望窗外，心想是不是克

罗斯比先生在打那只鸟，可我什么也没看见。之后，我下意识地拿起医疗包，出来看看发生了什么事情。当我走到那节车厢时，正好听到布拉德肖先生在喊我。"

"你丈夫离开后，你做了些什么，佐佐木夫人？"

"我去休息室挑了本书。"皋月答道。

当被问及是否认识克罗斯比先生时，亮回答说他们以前并没有见过他。不过，他把克罗斯比先生试图在京都建造超级赌场的故事又讲了一遍。"但我敢肯定，克罗斯比先生从未去过京都。"他最后补充道。

皋月用日语说了句什么，亮立马严厉地回了她一句。

"你们在说什么？"埃里克问道。

亮清了清喉咙："皋月说克罗斯比先生的死，嗯……对京都来说是一件好事。"

谁也无法否认这一点。问完所有的问题后，埃里克示意佐佐木夫妇可以离开了。又过了一会儿，一阵敲门声传来，利阿娜出现在了门口。

"妈妈！"温斯顿招了招手，奇波则站了起来。

"他们没给你添麻烦吧？"一进门，她就急切地问埃里克。

"恰恰相反，他们帮大忙了。"

"我知道你还没有叫我，但有件事情我想告诉你。"

"进来吧，请坐。"

利阿娜从口袋里掏出一个信封，并从中抽出了一张白色的纸条。"昨天下午，乘客们在喝下午茶的时候，我回自己的包厢休息了一下，并且发现了这张纸条，是默文·克罗斯比写的。"说着，她把纸条递了过去。

利阿娜·索索贝

"六点差一刻餐车见。MC①。"埃里克大声念着纸条上的字。"嗯，你知道克罗斯比先生想和你说什么吗？"他看着利阿娜问道。哈里森连忙把刚才那句话记在了自己的速写本上。

利阿娜耸了耸肩膀。"我觉得他是想跟我道歉，不过这似乎不太可能。"她叹了口气，"我的工作就是回答问题并与客人们沟通，所以我还是去了餐车，并在那里等着他。当然了，他一

① MC 为默文·克罗斯比名字首字母的缩写。——译者注

直没有露面。后来我才得知他已经死了。"

"所以，他死的时候，你在餐车？有人看到你在那儿吗？"

"有，在那儿等他的时候，我和卡雅聊天来着。"

"这个先放我这里，你不介意吧？"埃里克拿起纸条，"说不定很重要。"

利阿娜表示同意。离开前，她又警告了温斯顿一遍，叮嘱他一定要乖乖的。

接下来轮到卢瑟·阿克曼了。

"有这个必要吗？"卢瑟慌慌张张地坐了下来，焦虑万分地四下望了望，"我很忙的。"

"我们正在绘制一张火车平面图，需要确认每个人的不在场证明。枪响时你在哪里？"埃里克问道。

"我不是很确定，因为我根本没有听到枪声。我当时正把一张沉重的椅子从休息室往一间空包厢里搬。有位客人抱

卢瑟·阿克曼

怨说它看起来太过破旧，认为我们用这张椅子是不尊重客人。"

"哪位客人？"哈里森问道。

"阿米莉娅·克罗斯比。"他看着埃里克说道，"我刚进那间空包厢，纳撒尼尔·布拉德肖就从走廊跑过来说默文·克罗斯比要从车厢里朝犀牛开枪！我连忙丢下椅子，跟着他跑了过去。"

"他之所以还能拿枪，就是因为你放任他不管。"哈里森说道，"如果你言出必行，没收了那把枪，这件事情就不会发生了。"

"他说过他不会开枪的！"卢瑟·阿克曼哀号了一声。"我不能……他是默文·克罗斯比！他的报纸非常有影响力。如果他玩得开心，人们肯定会蜂拥前来搭乘我们的火车。可是如果他没有尽兴……"他半张着嘴巴摇了摇头，"他肯定会搞臭我们的名声！过去这几年，我们过得非常艰难。在我们这儿订票的人越来越少了。"

"我得问一问你有关克罗斯比先生衬衫的事。"埃里克转移了话题。

"我知道！"卢瑟猛地拍了一下自己的脸，"它们不见了。我怎么这么不顺啊！"他高高地举起双手，仿佛要通过双手发泄什么。"肯定是某个乘务员把它们拿走了。我问过清理那间包厢的乘务员，他们都发誓说衣柜里没有衬衫。这真是一个谜。"他摇了摇头说道。

"嗯。"埃里克在笔记本上写了些东西，"你能告诉我克罗斯比先生死的时候，火车上所有的工作人员都在哪里吗？"

"没有人在车尾——这一点我确认过了，大家都在各自的岗位上。如果你要来我的办公室，我可以把轮班表给你，你可以亲自问他们。"

"那可太好了。"埃里克点了点头，"最后一件事，卢瑟，问完你就可以走了。克罗斯比先生的包厢是锁着的，还有谁有那间包厢的钥匙？"

"只有我有，"阿克曼说道，"我有所有包厢的钥匙。负责包厢服务的乘务员用的是我总钥匙盘上的钥匙。他们每天早上要做的第一件事就是来取钥匙，然后利用乘客们去吃早餐的时间打扫包厢、整理床铺，最后再把钥匙还回来。"

"谢谢你，这可……"

埃里克还没来得及告诉卢瑟可以走了，紧张兮兮的卢瑟便已经离开了包厢。

"还有谁觉得他很奇怪？"哈里森问道。

"我，可你舅舅就是他的不在场证明，也就是说，枪响时他正在火车中间。"埃里克指出了这一点，"而且克罗斯比的死对他来说没有丝毫的好处。事实上，这对他来说有百害而无一利。"

"可其他人似乎也都没有问题。"哈里森一边说，一边盯着自己给那些嫌疑人画的素描。"有的人并没有强有力的不在场证明，但即便如此……"他叹了口气，"谁也不知道克罗斯比先生会在那个时候自以为看到了犀牛并冲回包厢里拿枪。"

"如果当时有人在克罗斯比先生的包厢里抢他的枪，为什么我们没听到声音呢？"温斯顿问道。

"说的没错。"埃里克说道，"他似乎不可能是自杀的，但除此之外，好像又没有别的可能了。"

第二十章

布拉瓦约的突破

"审讯室"外传来一阵敲门声，卡雅拿着一个信封走了进来。"洛夫乔伊警探，这是你要的打印件。"她把信封递给了埃里克。

"那是什么？"哈里森问道。

"这是对克罗斯比先生所在包厢的调查报告。我之前跟他们说过，报告出来后要第一时间给我一份。"埃里克打开信封，拿出厚厚的一叠纸，飞快地看了起来。哈里森看了看那份报告，上面满是各种表格、密密麻麻的、晦涩难懂的文字，他忽然意识到要当一名真正的侦探远没有那么容易。

"好吧……"看完最后一页后，埃里克叹了口气，"好像没什么帮助。"

"上面怎么说？"温斯顿问道。

"总结一下，房间里和枪上只有克罗斯比先生和他夫人的指纹。杀死默文·克罗斯比的子弹与他枪里的子弹相符，而且他的枪只开过一次。经过彻底的搜查，他们没有发现任何证据可以质疑自己的判断，也就是说，克罗斯比先生的死亡是一场悲惨的意外。"

"噢。"哈里森感觉有些泄气，"那不见了的衬衫呢？"

"我觉得阿克曼先生说的没错，肯定是火车上的哪个乘务员看上了那些衣服，"埃里克耸了耸肩膀，"反正克罗斯比先生也用不着了，不是吗？"

温斯顿做了个鬼脸："我可不想穿着死人的衣服到处溜达。"

"好了，我想我们应该叫阿米莉娅过来，跟她把事实从头到尾讲一遍了。"埃里克用双手揉了揉脸说道。

哈里森和温斯顿在桌子后面坐了下来，埃里克则把阿米莉娅迎进了包厢。

"我们想跟你把整个案子过一遍，"埃里克解释道，"首先，我们先来说说嫌疑人。哈里森，帕特里斯·姆巴塔的情况是怎么样的？"

　　"枪响后几分钟，温斯顿和我偷偷溜进了他的包厢，我们看到他当时正在床上睡觉。包厢之间的连接门两侧都上了锁。他对克罗斯比先生心怀不满，因此他有作案的动机，但他似乎不太可能是杀害你丈夫的凶手，因为他根本不可能知道你丈夫刚好会在那个时候返回包厢。"

　　"而且武器上并没有他的指纹。"埃里克点了点头说道。

　　"波西亚·拉玛波阿有不在场证明，她当时在厨房和厨师说话。"哈里森继续说道。

　　"我也亲眼看到她了，这也可以作为她的不在场证明，而且她也没有动机。"埃里克说着，再次点了点头。"克罗斯比先生死的时候，卢瑟·阿克曼在休息室。纳撒尼尔·布拉德肖正顺着走廊跑去找他。利阿娜·索索贝在餐车和卡雅聊天。佐佐木夫妇在自己的包厢里看鸟。我们打开你的包厢房门时，我亲眼看到亮从走廊的另一头走了过来。哈里森和温斯顿当时在你包厢的门外。至于妮可，你告诉我们她当时在泡澡。"

"谁没有不在场的证明？"阿米莉娅皱起了眉头。

"没有不在场证明的人是贝丽尔·布拉什……"埃里克深吸了一口气，"和你。"

"我？"

"你说妮可去泡澡了，而且直到我叫你们一起去餐车时，她仍然在浴室里。可在她泡澡的这四十五分钟内，她只听到了电视的声音，而没有你的声音。"

"我懂了。"

"在与其他乘客一同前往休息室之前，贝丽尔·布拉什一直待在自己的包厢里。她不太可能神不知鬼不觉地在车厢里来回穿梭，但也不是完全不可能。不过，她没有你包厢的钥匙，包厢内也没有发现她的指纹。"埃里克将双手合在了一起，"所以你看，综合考虑现有的不在场证明，我们目前只有两名嫌疑人，那就是贝丽尔和你。虽然贝丽尔不喜欢你的丈夫，但她并没有强烈的杀人动机。"

"默文不是我杀的。"

"当然，如果是你杀的，你应该欣然接受警察对现场的评估结果，你也不会要求我来调查此案了。"他看了看哈里森和温斯顿，说道："你们觉得呢？"

阿米莉娅转头看着哈里森，脸上带着些许期待的神情。

"所有的证据都指向了同一个方向。"哈里森说道，"谁也不知道克罗斯比先生会在那个时候跑回去拿枪。我当时和他一起站在露台上，前一分钟他还在大谈特谈射杀黑斑羚是多么有趣，下一秒他看到犀牛，就转身跑走了。包厢是从里面锁上的，杀死他的子弹来自他自己的枪，包厢里和凶器上只有他的指纹，还有你的。"

"你觉得这是一场意外吗？"埃里克顺着哈里森的话继续引导。

"是的。"哈里森点了点头，"要不就是枪脱手后走火了，要不就是他从窗户朝外面开了一枪，子弹打在石头上弹回来击中了他自己。"

"这么说，妮可安全了？"阿米莉娅突然松了口气说道。埃里克点了点头，她轻轻笑了一声。"谁能想到呢？默文居然被自己的枪打死了！谢谢，洛夫乔伊警探，还有你们，哈里森和温斯顿。你们让我觉得安全多了。"她站了起来，她的样子看上去有些令人吃惊，"我真的放心了！我想我最好去换件衣服，为下午的游猎之旅做好准备。"

"干得好，小伙子们。"阿米莉娅走后，埃里克说道。他把调查报告重新叠好，放回了信封。

"我们没抓到凶手。"温斯顿有些失望。

"我们的工作是破案。"埃里克朝门口走去，"我准备去卢瑟的办公室把工作人员轮班表拿来确认一下，然后好好泡个澡。游猎的时候再见。"

"我也该走了。"温斯顿说道，"我要在万盖保护区帮妈妈的忙。当助理侦探很有趣，但当游猎护林员更有意思。"他把奇波放在自己的肩膀上，然后回头看了看依然坐在桌边的哈里森。"怎么了？"他问道。

"我不知道。"哈里森一边说，一边站了起来，"就是……这和我以前破案时的感觉不一样。"

"怎么不一样？"

"以前总会有那么一刻——我很难形容——就好像所有拼图碎片从天而降，正好落在了合适的地方，完美地拼凑出了所发生的一切，"他看着温斯顿，"这一次，我没有这种感觉。"

"也许是因为这一次并没有真的罪案发生。"

"可能吧。"哈里森点了点头，但他内心盘踞着强烈的不安——事实也许并非如此。

回到自己的包厢时，纳撒尼尔舅舅正在伏案写作。哈里森拉过一把椅子，翻开了自己的速写本。

"你们破案了吗？"

"那是一场意外，就像警察说的那样。"哈里森拿出那盒炭笔，从中选了一支，开始在本子上画了起来。他默默地画着画，心里想着皋月是如何通过折纸让自己平静下来的。火车正不紧不慢地驶过一座红砖建筑，上面写着几个大字：布拉瓦约车站。

"津巴布韦铁路的枢纽站。"纳撒尼尔舅舅叹了口气，哈里森猜他肯定很想下车去看一看。可火车还在继续前进。"你在忙什么？"纳撒尼尔舅舅指了指速写本问道。

"我也不知道。我在画这趟旅途中的一些瞬间，希望能以此激发某种灵感或是发现某种联系。"

"你不是说克罗斯比先生的死是一场意外吗？"

"所有证据都指向这一结论，但我总觉得哪里怪怪的。我肯定漏掉了什么。"

"那你最好接着画。"纳撒尼尔舅舅点了点头。

哈里森放下了手中的炭笔。"会不会是因为我太希望有案件发生，所以才会有这种感觉？"他不解地问道。

"不如先让你的脑袋休息一下吧，暂时忘掉侦探这回事。换好衣服，我们准备驱车前往万盖保护区寻觅野生动物了。我脚踝的伤还没好，不能四处走动，但我准备坐在吉普车里，好好欣赏一番。"

"这次我要和你待在一起。"想起自己与黑曼巴的那次亲密接触，哈里森连忙说道，"今天余下的时间，我就一门心思画各种动物了。"

第二十一章

迪特直道

哈里森穿着卡其色的裤子从浴室里出来时，纳撒尼尔舅舅正跪在椅子上，像小狗一样把头伸向了窗外。"哈里森，快来看看这个！"舅舅一边说，一边招手让他过去。

哈里森也把头伸出了窗外，风卷起煤灰拍打在他的脸上，刺激得他猛眨了几下眼睛。

"我们现在正在世界上一条很长的直线铁轨上，它的名字是'迪特直道'，从瓜伊一直到迪特。这段铁轨有一百多千米，中间没有任何弯道。"哈里森抬头看着舅舅满心欢喜的样子。"在

236

这样的直道上，你无法看到火车头的侧面，火车一直向前，这种感觉真的好棒！"纳撒尼尔舅舅拍着手说道。他兴奋的样子感染了哈里森。两个人相视一笑，发出犹如火车汽笛般的欢呼声。

没过多久，游猎之星号便离开主线，驶入了一条侧线并停了下来。哈里森和纳撒尼尔舅舅跳下火车，顶着午后炎热的阳光，缓步向火车头走去。铁轨像一道穿过绿色灌木丛的伤疤。他们身后传来的一阵阵关门声打断了灌木丛中蟋蟀等小虫子温柔的合唱。

"珍妮斯怎么样？"看到弗洛和格雷格从驾驶平台上顺着梯子爬下来，纳撒尼尔舅舅大声问道。

"挺不错的，"弗洛答道，"不过，千万别碰它。它现在温度太高了，会把你的皮烫掉的。等它冷却后，我们会对它进行机械检查，确保它能安全地把我们送达维多利亚瀑布。"

"它为什么叫珍妮斯？"哈里森一直觉得给火车头起一个女孩子的名字有些奇怪。

"这是原来火车司机妻子的名字。"弗洛答道。

哈里森想象着自己爸爸给火车头起名叫贝弗利的样子，咯咯笑了起来。

希拉拖着一根水管爬上了煤水车的车顶。她掀起车顶的盖子，将水管伸了进去，给口渴难耐的珍妮斯送去了清凉的"饮品"。

皋月、亮、波西亚和帕特里斯站在煤水车投下的一片阴影之中。利阿娜大步走了过来，温斯顿和奇波紧紧地跟在她后面。"大家都到齐了吗？"埃里克扶着贝丽尔走下火车时，利阿娜大声问了一句。

"差不多了。"纳撒尼尔舅舅答道。这时，两名乘务员快步走向车门，将一块木板放在了地上。

"别担心，我们可以应付。"身穿运动鞋、牛仔短裤和衬衫的妮可跳下火车时对那两名乘务员说道。哈里森惊讶地眨着眼睛，看着阿米莉娅轻盈地从火车上走了下来。她穿着一双靴子、一条野外生存裤和一件迷彩短袖衬衫，衣角还在腰间打了个结——这身干练的造型与在比勒陀利亚花园车站刚上车时的芭比娃娃造型相差甚远。不仅如此，她还用一条橄榄色的头巾将头发箍在脑后，脸上甚至都没有化妆。

"嗨。"妮可略带害羞地说道。

"你好。"哈里森意识到妮可还在为之前被问询时流眼泪而感到尴尬，连忙对她友好地笑了笑。

"你没事吧？"妮可问道。

"我是想表现得友好一些。"

"你看起来一向很友好。"

"是吗？"哈里森一阵脸红。

"这边走。"利阿娜大声说道，"我们还有一小段路要走。请各位注意脚下。"她领着大伙儿离开火车，走上了树林中一条弯弯曲曲的小路。宽大的树冠就像一把把遮阳伞，为他们挡住了炙热的阳光，明显凉快了不少，这让哈里森觉得轻松了很多。

"谢谢你帮忙调查老爸发生了什么事。"妮可走到了哈里森的身边，"妈妈吓坏了，她生怕有人因为钱而盯上我们。我当时真的很害怕。知道这件事的的确确只是一场意外后，我感到如释重负。"

哈里森感觉有些不舒服。凭他的直觉，这件事到底是不是意外还没有定论—— 如果克罗斯比先生的死另有隐情呢？

"这很讽刺，对吧？"妮可说道，"他用那把枪猎杀了那么多的大型动物，最后一个倒在枪下的竟是他自己。"

"嗯。"哈里森点了点头。

"也许这就是报应。"妮可继续说道,"你知道吗,每年感恩节,老爸都会在饭桌上跟我讲同样一段故事。他说他像我这么大的时候还住在约翰内斯堡。当时他偷了一辆车,接上他最好的朋友在城里转了一整夜。等警察找到他们时,他溜了,是他的朋友替他背了这个黑锅,他的朋友甚至还为此坐了牢。"她厌恶地摇了摇头。"可老爸会说:'听着,妮可,犯法没什么大不了的——只要你别被抓住就行了。这就是成功的秘诀,永远别被抓住。'……"她叹了口气。

哈里森停下了脚步。"这也太过分了吧!"他惊讶地盯着她说道。

"我知道。他总会举起酒杯,感谢世界上有那么多人都是笨蛋。"她的脸上流露出痛苦的表情,"他是个非常糟糕的人。我很惊讶居然没有人想要杀了他。"

"嗯。"哈里森点了点头。不知道为什么,一阵突然而至的恐慌在他的心中弥漫开来。

"我是说,"妮可沉思了一下,"一个被那么多人憎恨的人有多大可能性会选择自我了断,为这个世界做件好事呢?反正妈妈是这么说的。当你们向她说明这确实只是一场意外时,她真的松了一口气。老爸很会用枪，但我猜即使是训练有素的射手也会有犯错误的时候。"

"纳撒尼尔舅舅呢？我该去帮帮他。"哈里森打了个激灵，仿佛突然想起来似的说道。

妮可点了点头，然后跟着哈里森跑回了纳撒尼尔舅舅的身边。"如果我们错了呢？"哈里森想着，"如果克罗斯比先生是被人谋杀的，而凶手还在火车上呢？如果妮可有危险怎么办？"

哈里森把纳撒尼尔舅舅的手臂搭在自己的肩上。这么一来，舅舅便能靠着哈里森一瘸一拐地穿过树林了。看到哈里森如此贴心，纳撒尼尔舅舅露出了感激的笑容。没多久，大家就来到了一片宽阔的空地上，灌木丛中矗立着一幢低矮的木房子。乘客们跟着利阿娜走进了一间用木头和石头装饰的休息室。

"欢迎来到游猎小屋，"利阿娜说道，"这是我们今天下午活动的基地。如果各位愿意的话，你们可以在这里休息，欣赏旁边煎锅盆地里的动物。"她指了指不远处的湖。"又或者，你们可以跟我一起前往游猎公园的深处游览。今天晚上，我们会回到这里的露台享用晚餐。"

温斯顿走了过来，奇波像一条围巾似的窝在他的肩头。"你会和我们一起乘车去寻觅野生动物吧？"他向妮可问道。

"当然。不过，我觉得妈妈可能想留在这里，"妮可说道，

"我去问问。"

"温斯顿，我们要是搞错了怎么办？"等妮可走开后，哈里

森小声问道。

"搞错什么？"

"如果克罗斯比先生是被谋杀的呢？"

"可是……"

"我知道我们之前说过什么，可我们的推论似乎有些不对。

结论来得太简单了！如果凶手实施了一场完美的谋杀并且成功脱逃了呢？如果凶手杀害克罗斯比先生之后，将现场伪装成发生了意外的样子呢？"

"会是谁呢？"

"我不知道！"哈里森有些绝望地小声说道，"但妮可有可能还处在危险之中。"他紧张地四下看了看。

"哈里森，你太慌乱了。"

"我当然慌乱了！"

"摸摸奇波，它能让你平静下来。"温斯顿侧过身子，以便哈里森能够摸到奇波，"你觉得我们应该怎么做？"

"跟紧妮可，保证她的安全。"哈里森说道，"不能让她知道我们觉得凶手依然逍遥法外。我们可别吓到她。"

"好。"温斯顿看起来有些困惑，"可你准备怎么对付这名凶手呢？"

"继续画画，保持冷静。"

"什么？"温斯顿疑惑地看了他一眼，"画画？"

"温斯顿，"利阿娜大声喊道，"让大家都上吉普车。我们该出发去寻找野生动物了。"

驱车游猎

到头来，只有帕特里斯、波西亚、纳撒尼尔舅舅、哈里森和妮可选择乘车前去寻找野生动物。从游猎小屋出发后，哈里森一直紧紧地跟在妮可身边。不一会儿，一行人便在温斯顿和利阿娜的带领下来到了一辆敞篷吉普车的旁边。波西亚和帕特里斯坐进了吉普车的后排，妮可则选择了中间的一排。看到哈里森坐在了妮可的身旁，纳撒尼尔舅舅扬着眉毛，独自一人坐在了第二排。一直在前面带路的温斯顿爬上了母亲身旁的副驾驶座，他把背包背在胸前，就像胸前绑着一个婴儿背带似的，奇波的小脑袋刚好能从背包顶部探出来。

看到吉普车上的这几个人，哈里森稍微松了一口气。这里唯一没有可靠不在场证明的人是帕特里斯，监视他一个人还算容易。

"万盖国家公园是津巴布韦最大的自然保护区，"当他们乘车缓缓地穿过泥泞的林间小路时，利阿娜向大家介绍道，"这里是一百多种哺乳动物和四百多种鸟类的家园。"

"哈里森，你的速写本呢？"纳撒尼尔舅舅举着双筒望远镜，看着树冠顶部，"你之前说你想画动物的。"

"是的。"哈里森掏出速写本和炭笔，试图表现得轻松自如一些，"我喜欢画动物。"他微笑地看着妮可说道。

"噢，那是……？"纳撒尼尔舅舅扬起头，"是的！看，上面，扇尾佛法僧！你看到没，哈里森？那只胸脯呈绿松石色，尾部羽毛末端为扇形的鸟儿。"

哈里森很快也看到了那只鸟，但为时已晚，他只来得及在速写本上勾勒出几根线条。克罗斯比案的细节还在他的脑海里翻腾，搅得他难以集中注意力。

吉普车驶出树林后，来到了一片宽阔、尘土飞扬的平地上，这里长着一簇簇纤细的野草。纳撒尼尔舅舅戴上巴拿马草帽，遮住了投在他脸上的阳光。哈里森注意到他的鼻子已经被晒得有些脱皮了。

"我们要去那个煎锅盆地，"利阿娜大声说道，"那里有一个水坑，我们可以在那里找到一些动物。"

"煎锅盆地是什么？"哈里森问道。这已经是这天下午他第二次听到利阿娜提到这个名字了。

"那是一片有积水的洼地，看上去就像一口大煎锅。"纳撒尼尔舅舅一边说，一边把望远镜递给了哈里森，"你看那边的金合欢树，在你的右边。"

哈里森花了好一会儿才调好焦距。接着，他就看到了一个长着金色斑点的长脖子，那上面是正在啃食树顶树叶的脑袋，进到他镜头里的是一头长颈鹿。

"长颈鹿的牙齿真大！"哈里森惊叹道，"你看它的舌头也很长。"

"长颈鹿的舌头大概和大多数成年人的小臂一样长。"温斯顿说道，"它们甚至可以把舌头向后卷起，用舌头清理自己的耳朵。看，这头长颈鹿的后面还有好几头，树丛为它们提供了绝佳的伪装。"

在确保安全的前提下，利阿娜尽可能把他们带到了离长颈鹿更近的地方。然后，她停下吉普车，关掉了引擎。

哈里森开始忙活起来。他先勾勒出了长颈鹿脸部的线条，与此同时，几头长颈鹿正慢悠悠地在那里溜达，仿佛它们所处的是另一个时间不怎么流动的世界，深邃的黑眼睛与头顶毛茸茸的小角让它们看起来更像是友好的外星人。

其中的一头长颈鹿迈着缓慢而优雅的步伐来到水边，不太优美地张开前腿，低下头喝起了水。"它为什么要这么做？"哈里森问温斯顿。

"长颈鹿的脖子太长了，够不到地面。它们一般能从吃的叶子中获取身体所需的大部分水分。如果它们实在想喝水的话，就得叉开腿，做出这种奇怪的姿势。"

"看那里！"帕特里斯指着对岸大喊了一声。

"斑马！"波西亚小声说着，身子微微前倾。

"你知道人们一般怎么形容一群斑马吗？"纳撒尼尔舅舅问哈里森。

"令人炫目，"波西亚答道，"一群令人炫目的斑马。"

"真棒。"妮可说着,露出了笑容。哈里森从她脸上的表情就能明显看出她非常崇拜波西亚。"她肯定是一位非常好的导师。"哈里森心想。他不知道纳撒尼尔舅舅能不能算作自己的导师。

"对,不过人们也会说'一群高塔一般的斑马'。"温斯顿说道。

"令人炫目好听一些。"妮可笑道。

哈里森凝视了一会儿,挑选了其中的一匹斑马,画出了它背部优美的曲线。他还没怎么好好考虑过火车上这些人之间的关系。一直以来,他满脑子想的都是包厢里的谜题,纠结于什么可能、什么不可能,以至于他忽略了人与人之间的关系。当他将斑马身上的条纹一一画在纸上时,他的思维也飞快地转了起来。如果凶手是两个人呢?他有些吃惊地意识到,自己一直默认只有一名凶手。优秀的侦探绝对不会胡乱假设或草率地得出结论,而这两样他现在都占全了。

"世界上主要有三种类型的斑马。"温斯顿说道,"那些是平原斑马。每只斑马身上的条纹都是独一无二的,它们可以通过条纹来互相识别。"

"就像条形码一样。"纳撒尼尔舅舅对哈里森说道。可当他看到哈里森脸上的表情时，他的笑容瞬间被好奇取代。

太阳开始西沉，利阿娜将吉普车掉了个头，开始沿着崎岖不平的小路往回走。等他们抵达游猎小屋时，黄昏已然降临。天空成了粉色和紫色调和在一起的调色盘。

"我可不喜欢这个天色。"纳撒尼尔舅舅指着远处呈焦油色的云朵说道。

"暴风雨要来了，从空气中就可以感受到。"利阿娜说着停好车，熄了火。

游猎小屋里，一张长桌上摆着可供客人们自选的各种食物：花生酱米饭、沙丁鱼、撒杂（一种美味的粥）、各种蔬菜、精选的烤排骨、牛排和美式炸鸡。

"这是什么？"哈里森指着一种食物问温斯顿。

"莫帕尼虫炖肉，"温斯顿一边回答，一边给自己盛了一份，"可好吃了。"

哈里森往米饭里加了一勺炖菜，拿了一只鸡腿，然后便跟着大家走到了露台上。摇曳的火把和探照灯早已将这里照亮。

"也许这场雨能让我们凉快一些。"贝丽尔叹了口气，并用餐巾给自己扇了扇风。

"不管天气如何，我都要享受这趟旅行的最后一段时光，"

埃里克说道，"反正克罗斯比的案子已经结了。"

"只可惜那不是一起可怕的谋杀案，不然肯定刺激多了。"贝丽尔低声坦言道。

埃里克哈哈大笑起来。

哈里森仔细看了看贝丽尔。她没有不在场证明，但自己并没有认真考虑过她的嫌疑。她以写谋杀类的悬疑小说为生——她会不会想出什么巧妙的办法杀害了克罗斯比先生？

佐佐木皋月将餐盘搁在露台的护栏上时，一只通身金属绿色的甲虫落在了她的胳膊上。她看着小虫子顺着手臂爬到手掌，并在中指上稍稍停顿了一下——略带微光的甲虫乍一看很像是一枚巨大的祖母绿戒指。然后，小虫子扇动翅膀，飞向了空中。在哈里森看来，皋月也丝毫不像是个杀人犯，毕竟她是如此尊重自然。但她会不会为了保护自然而杀人？又或者是为了协助自己的丈夫？枪击案发生后，佐佐木亮是第一个检查克罗斯比先生尸体的人，哈里森记起了他戴上手术手套的那一幕。他随身带着手术手套和医疗包，这倒是非常方便。他可以戴手套，避免在犯罪现场留下指纹。

温斯顿端着满满一盘食物，坐在了哈里森身边。"不饿吗？"他问道。奇波一下子跳上他的大腿，捧着一块木瓜吃了起来。"你还在想谁是凶手吗？"温斯顿低声继续问道。

哈里森点了点头："我真想看看克罗斯比先生中枪后包厢里的情况。想要侦破一起自己没有亲眼见到案发现场的谋杀案还真难。"

"你还是能看到的。"

"看见谋杀？"

"不是啦，你这个笨蛋，"温斯顿翻了个白眼，"我是说看犯罪现场。我们现在就可以去看看，趁着大家都还在这里吃饭。"

"我们还得盯着阿克曼先生。"

"我觉得我们肯定能骗过老阿克曼。"温斯顿咧嘴一笑。

"介意我跟你们坐在一起吗？"听到纳撒尼尔舅舅的声音，他们俩都抬起头来。"噢，我见过这个表情！"舅舅在哈里森身边坐了下来，"出什么事了？"

"你知道画画能帮助我思考吧？"

纳撒尼尔舅舅点了点头。

"嗯，我一直在想，也许我搞错了，克罗斯比先生的死并不是一场意外。至于为什么会这么觉得，我也说不清楚。但我有一种强烈的感觉……"他把手放在胸前，"而且这种感觉很不好。"

"我懂了。"

"我得去看看克罗斯比先生的包厢。现在大家都不在火车上，这是最好的机会。"

温斯顿瞪大了眼睛，他实在不敢相信，哈里森居然把自己的计划全都告诉了舅舅。

"我跟你一起去。"纳撒尼尔舅舅当即说道。

"不。"哈里森一脸严肃地盯着舅舅，"你的脚踝还没好，跟我们一起去只会拖慢我们的速度，我们必须尽快返回火车上。而且如果凶手真的在这里，妮可可能会有危险。"

"我会一直陪在她身边的。"纳撒尼尔舅舅点了点头，"但你们必须答应我，一定要小心。"

"我保证。"哈里森说着，把自己的那盘食物递给了舅舅。

两个男孩冲出游猎小屋，沿着尘土飞扬的小路，一路朝游猎之星号跑去。远处的雷声隆隆作响，哈里森突然很庆幸有温斯顿陪着自己。

第二十三章

车顶速降

　　两个人沿着小路匆匆地往火车停放的方向赶。很快，游猎之星号的轮廓便隐约出现在了暮色之中。也许是觉察到暴风雨将至，原本躲藏在树林里叫唤的动物们陷入了一阵诡异的寂静。奇波蜷缩进了温斯顿的背包里。

　　"我们怎么进去呢？警察把那间包厢锁上了。"当他们靠近火车时，哈里森问道。整列火车上只有服务车厢和阿克曼先生的包厢里还亮着灯光，其余的地方一片漆黑。

　　"克罗斯比先生包厢的窗户，说不定还开着。"温斯顿提议道。

两个男孩连忙绕过火车尾部。

"真还开着。"当两个人跑到窗边时，哈里森兴奋地说道，"没人关窗。"他跳起来试着够了够窗台，可惜他还不够高。

"来，"温斯顿将双手叠在一起，做成一个摇篮的样子，"你踩着我上去试试。"

哈里森又试了几次，可窗户太高了，他的手指依然够不到窗框。"不行，"他再次落在地上后说道，"我们得想别的办法。"

"车顶怎么样？"温斯顿看了看上面，"我们可以从上面下来。"

"好主意。"哈里森咧嘴笑了起来。

很快，他们俩便登上了观光车厢的露台。温斯顿把背包从胸前移到后背上，拉上拉链，把奇波关在了里面。哈里森看着他踩上露台的栏杆，两脚一蹬便爬上了车顶。等哈里森爬上车顶时，晚风吹起了他的衬衫，车顶的铁皮上还残留着夕阳的余温。

"走吧。"温斯顿说着，压低身子，在车厢顶上轻轻地跑了起来。当他们跳上第一节卧铺车厢时，一道亮光闪过。哈里森抬头看了一眼，远处厚厚的雨云被一道道闪电划破。不一会儿，轰隆隆的雷声便响彻了树林。

"要下雨了，快点儿！"温斯顿大喊一声。说完他蹲了下来，一只手抓住伞状的通风筒，把双腿伸了进去。"我会抓住你的胳膊，免得你掉下去。"

哈里森抓住通风筒，将双腿滑出了车顶的边沿。有那么一

（上图为小说虚构场景，人物动作具有一定的危险性，请勿模仿。——编者注）

瞬间，他感到了恐惧，但温斯顿紧紧地抓住了他的手腕。他晃动着双腿找到了那扇开着的窗户，接着，他松开一只手，一把抓住窗框，把自己的身子荡进了克罗斯比先生的包厢，一屁股坐在了地上。

温斯顿跟着他钻进了窗户，落地的时候两脚摇晃了一下，险些没站稳。"我们成功了！"他朝哈里森咧嘴一笑。

一道闪电照亮了包厢。当他们看清地毯上黑色的血迹时，两个人都笑不出来了。

"把百叶窗关上，我去把灯打开。"哈里森小声说道，"千万别让任何人知道我们在这儿。"他掏出速写本，无意中发现克罗斯比先生的钥匙还放在桌子上。

温斯顿打开背包的拉链，奇波一下子探出头来，并用鼻子碰了碰温斯顿的鼻子。

"我们从包厢的这一头开始调查，一点点朝另外一头推进，看看到底发生了什么事。"哈里森走进了浴室，"哇，居然真的有按摩浴缸！"

在浴室里什么都没找到，男孩们又退了出来，在床底下、床头柜后面、书桌抽屉和废纸篓里都找了个遍，可仍旧一无所获，直到哈里森打开了衣柜。"嘿，这是什么？"他用指甲抠出了一块夹在门铰链里的粉红色布料。

"这是线索吗？"温斯顿激动地问道。

"我不知道，有可能是。"哈里森坦言道。

"你是不是觉得凶手是从衣柜里跳出来攻击克罗斯比先生的，所以衬衫才会被夹在了衣柜门上？"

"默文·克罗斯比是正面中枪，而且用的还是他自己的那把枪。还记得纳撒尼尔舅舅试着躲进我们衣柜里的样子吗？衣柜基本上是装不下他的。再说了，这是粉色的。这肯定是克罗斯比先生自己衬衫上的。"

"我们还是不知道他的衬衫为什么会消失了。"

"或者说不知道它们如今在谁的手上。"哈里森说着把那块布夹到了速写本里。这时，皐月送给他的那只折纸猫头鹰飘到了衣柜旁边的地板上。哈里森伸手去捡它时，发现地板上有一道与纹路不符的沟槽。他用手指摸了摸它，然后下意识地往下一推。随着咔嗒一声，木板居然动了。"温斯顿！"他惊讶地喊了一声，只见衣柜后面的一块不大的嵌板应声打开了。

"一间密室！"温斯顿小声说道。

"里面好像是空的。"哈里森把手伸进去,大致摸了摸。
"不!等等,这是什么?你能把那盏灯举起来,让光线对着这扇门吗?"哈里森小心翼翼地一边摸着,一边说道。温斯顿尽可能地把灯拉了过来,灯的电源线已经在半空中绷成了一条直线。"这里有一些泥土和一团灰色的东西。那团东西看上去很像一颗旧牙,或是一块石头。"哈里森小心翼翼地把它捡起来,放在掌心,"你看。"他转过身来,给温斯顿看了看。

灯光照在哈里森的手上,两个孩子瞪大眼睛盯着这个看起来很奇怪的碎块。温斯顿把手伸进口袋,掏出一个放大镜,仔细地看了看那团东西。突然,他脸色一沉。

"这是什么?"哈里森问道,"怎么了?"

"我们必须去找我妈妈。"温斯顿小声说道,"哈里森,我觉得这是犀牛角。"

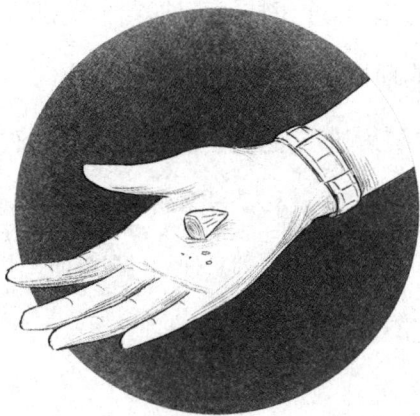

第二十四章

飓风行动

温斯顿从桌上拿起一个信封，哈里森把碎块放了进去。

"在给我妈妈看过之前，我们不应该跟任何人说这件事。"

哈里森点了点头，随即打开了包厢门。他扭头看了看，房间里的一切看起来和他们进来时一样。他谨慎地关上了门。温斯顿默不作声地带头向服务车厢走去，哈里森的脑海中却升起一个又一个问题：为什么克罗斯比先生的包厢里有犀牛角？他是走私犯吗？这就是他被谋杀的原因吗？

当他们穿过黑暗的休息室时，哈里森看见乘客们从游猎小屋走了回来，沿途还有晃荡着的灯笼为他们引路。"他们回来了。"他对温斯顿说道。

哈里森和温斯顿并排坐在包厢里的下铺上，等着利阿娜回来。

门开了，利阿娜走了进来。她随手将提包扔在了地板上。"怎么了，宝贝？"她问道，"你的衣服怎么脏了？"

"我们做了一些调查，"温斯顿把信封递给了妈妈，"我们发现了这个。"

她打开信封，拿出里面的小碎块，调亮包厢里的灯，仔细研究起来。"你在哪里找到的？"她轻声问道。

"在克罗斯比先生衣柜后面的一个秘密隔间里。"哈里森说道。

"你们告诉别人了吗？"利阿娜看上去非常震惊地问道。

"我们直接来找你了。"温斯顿说道，"妈妈……这是犀牛角吗？或者它是象牙？"

天空中划过一道闪电，大雨终于倾盆而下，豆大的雨滴砸在车顶上啪啪作响。

"这看起来没什么特别的。"哈里森说道。

"这不是象牙。"利阿娜答道,"犀牛角不是由骨头构成的,从头到尾都是角蛋白。从重量和质地来看,这东西都很符合。"

"角蛋白?"哈里森看着温斯顿。

"你的指甲和头发就是由这种物质构成的。"温斯顿解释道。

"我们必须把这个给洛夫乔伊警探看看。"利阿娜郑重地说道,"这件事情非常严重。走私犀牛角可是重罪。"

三人快步走向埃里克的包厢。打开房门时,他才刚刚扣好棉衬衫的扣子。"嗨,是我的助理侦探啊!"他笑了笑,"瞧这雨下的!"看到利阿娜表情严肃,他赶忙问道:"怎么了?"

关好门后,利阿娜把信封递给了埃里克:"孩子们在克罗斯比先生的包厢里发现了这块犀牛角。"

"可警方的刑侦小组对他的包厢进行了全面的检查,他们什么也没有找到。"埃里克惊奇地盯着哈里森和温斯顿问道。

"它被放在一个秘密的小隔间里,就在衣柜的暗门后面。"哈里森说道。

"我觉得这列火车上可能有人勾结走私犯。"利阿娜严肃地说道,"你我都知道这帮家伙有多危险。所以我们才会急急忙忙地把这个交给你,而不是等到明天早上再去报警。"

"你们三个坐一下，我有事情要跟你们说。"埃里克长叹了一声说道。

哈里森和温斯顿并排挤在一把扶手椅上，利阿娜则坐在了另一把扶手椅上。

"我要告诉你们一件事情，这件事我本来不打算告诉火车上的任何一个人。你们必须向我保证，在我们的旅程结束之前，绝对不能将此事告诉任何人。不然的话，我们很可能会满盘皆输。"

温斯顿和利阿娜点了点头，表示同意。

"哈里森？"埃里克看着哈里森。

"我不喜欢有事情瞒着我舅舅。"

埃里克微微一笑。"你可以告诉纳撒尼尔，"他竖起一根手指，"但仅限于他。"

"我保证。"哈里森如释重负地点了点头。

"我不是什么退了休的警探，"埃里克坐回椅子上说道，"我是警察局的一名现任警官，现在正以卧底的身份参与南非边境巡逻队的一项秘密任务——飓风行动。多年来，我们和津巴布韦警方一直在追踪一个走私团伙。他们从事的是非法出口动物制品的勾当：象牙、稀有鸟类羽毛、犀牛角……他们先将货物从南非和津巴布韦走私到监管相对宽松的国家，再用飞机或轮船将违禁品运往东亚市场。"

"这才是你乘坐游猎之星号的目的？"利阿娜问道。

"是的。我们得到消息，一名走私犯将伪装成乘客，带着货物进入赞比亚。火车的安检不如飞机和轮船严格，尤其是豪华线路上的安检。明天，在维多利亚瀑布，赞比亚警方准备在走私犯将货物交给他们的接头人时实施突击行动。我代表南非警方乘坐这趟火车，确保沿途没有任何事情扰乱行动。"

"你为什么要伪装成一名退休的警探？"哈里森问道，"这并不是一个很好的伪装。"

"哈！你说的很对！"埃里克·洛夫乔伊点了点头。"我原本的卧底身份是本杰明·伯肯波什——一名来自开普敦的火车爱好者。可刚一到车站，我就遇到了你舅舅，他在我上火车之前就暴露了我的身份。"他哈哈大笑起来，"当时那个情况下，我能想到的最好的伪装就是说我刚刚退休了。我只能告诉售票处的那位女士，本杰明·伯肯波什是我表兄，作为退休礼物，他为我预定了一张火车票。"

"卢瑟知道这个情况吗？"利阿娜问道。

"工作人员都不知情——火车上的每个人都有嫌疑。"

"所以，克罗斯比先生死的时候……"哈里森说道。

"这件事情几乎破坏了整个计划。"埃里克点了点头。

"所以你才自愿主导克罗斯比先生案的调查？"哈里森问道。

"如果阿米莉娅坚持认为这是谋杀，那火车很可能会被扣押。"埃里克说道，"这么做会毁了警方多年的布局。当我们合力证明了那是一场意外之后，我着实松了一口气。"

哈里森之前就在担心他们的结论是不是下得太过草率了。当他听完埃里克的话，意识到埃里克或许会因为秘密任务而急于排除案件存在谋杀的可能性时，他的这种担心愈发加深了——如果警探错了怎么办？

埃里克举起犀牛角碎块，说道："你们能带我去看看这是在哪里找到的吗？"

哈里森点了点头说道："纳撒尼尔舅舅说这些车厢曾经给东方快车用过——它们很可能有隐藏的隔间，帮助间谍走私情报。"

"你们还找到了其他的秘密隔间吗？"埃里克问道。

哈里森摇了摇头。

"你觉得克罗斯比先生的死与犀牛角有关吗？"温斯顿问道。

"我对此表示怀疑。"埃里克答道。

"克罗斯比先生给我妈妈的纸条怎么解释？"温斯顿问道，"他可能也发现了犀牛角，所以想把这件事情告诉妈妈。"

"克罗斯比先生可不是那种会关心动物权益的人。"埃里克的脸上浮现出怀疑的表情，"我还是认为他的死就是一场意外，没有什么别的原因。"

"你知道是谁吗？"利阿娜问道，"我是说那名走私犯。"

"还不知道。"埃里克答道，"我原本希望这个人会在旅途中暴露自己，可克罗斯比先生的意外给我的探案工作增加了不少困难。"

门外突然传来砰的一声，好像有人摔倒在了门上。屋里的几个人惊讶地转头望向房门。埃里克一个箭步冲了过去，猛地拉开了包厢的门，跳进了走廊。紧随其后的哈里森听到一阵急促的脚步声和车厢门关闭时发出的一声巨响。接着，他们看到有人跳下火车，遁入了黑暗的暴风雨中。

"有人在偷听我们说话。"埃里克看了看哈里森说道。

第二十五章

火车上的毒蛇

"我喜欢雷雨天，这场雨真是太壮观了。"当哈里森走进包厢时，纳撒尼尔舅舅说道。

哈里森一屁股坐在了舅舅对面的扶手椅上，疲惫的感觉席卷了全身。"我看着妮可安全地返回了她的包厢。你的任务进行得怎么样了？"舅舅问道。

"我有好多话要跟你说。我都不知道该从哪里说起了。"哈里森踢掉鞋子，盘腿坐在了椅子上。

"在睡觉前，我准备来一杯热巧克力。你要吗？"

哈里森点了点头，纳撒尼尔舅舅拿起桌上的电话听筒，点了两杯热巧克力。接着，哈里森便开始讲述他和温斯顿是如何潜入默文·克罗斯比的包厢，又是如何发现了犀牛角；最后，他还把埃里克和盘托出的卧底任务——飓风行动告诉了舅舅。"可有人在门口偷听。"哈里森最后说道，"埃里克追了出去。但是等我们冲进走廊时，那个人已经不见了。"

卡雅端着一个银托盘走了进来。托盘上放着两大杯热巧克力，蓬松的奶油上撒着细碎的可可粉。

"我觉得问题是，"纳撒尼尔舅舅接过托盘说道，"默文·克罗斯比的死和飓风行动有什么关系？"

"埃里克不这么认为，"哈里森说道，"他认为这只是一个不幸的巧合。但我不知道，我一直在想克罗斯比先生给温斯顿妈妈的那张纸条，那和犀牛角有关吗？也许他偶然发现了犀牛角，想要告诉她？"

"我无法想象默文·克罗斯比会关心犀牛角走私的事情，除非他是走私犯，可考虑到他的身家，这又不太可能。我猜，他可能想知道犀牛角值多少钱。"

"我们只找到了一只犀牛角的一小部分，我觉得那里本来应该有一整只犀牛角。肯定有人动过它了。"

"在穆西纳警察上车之前，走私犯肯定不顾一切地想要把它弄出去。"

"也就是说它现在应该还在火车上，走私犯也还在火车上。"哈里森抿了一口热巧克力，甜甜的味道让他觉得舒服了不少。

"可走私犯会是凶手吗？"

"如果默文·克罗斯比真的发现了犀牛角，走私犯有可能会下黑手。"

一声雷鸣过后，纳撒尼尔舅舅宣布该睡觉了。

"明天是我们在游猎之星号上的最后一天，这趟旅程即将迎来最激动人心的时刻。早餐后我们便会出发前往维多利亚瀑布。"

"你锁门了吗？"哈里森爬上床时问了一句。

"锁了。"纳撒尼尔舅舅答道。"如果你晚上需要什么，我就在这儿。"他关上灯，"晚安。"

包厢里一片漆黑。

"救命！"一声女人的尖叫突然传了出来。

哈里森倒抽一口气，猛地坐了起来。

"救救我！"女人的尖叫声再次传来，是贝丽尔。

"纳撒尼尔舅舅！"

"我听到了。"纳撒尼尔舅舅伸手在黑暗中摸索自己的眼镜。哈里森打开灯，两个人急急忙忙地走出包厢，来到了走廊上。慌乱中，纳撒尼尔舅舅把贝丽尔的门把手弄得咔咔作响。"锁了。"他低声说道。"贝丽尔！"他一边大声叫喊，一边用力地敲着门，"贝丽尔，我是纳撒尼尔！你没事吧？把门打开！"

贝丽尔又惊恐地尖叫了一声。

哈里森跑回包厢，走到连接门旁，拨开了挂钩。他拉了拉门，本以为门的另一侧应该是锁着的，可门居然开了。看来，在他们用渔线做了实验之后，贝丽尔并没有把门重新锁上。当他正准备走进贝丽尔的包厢时，纳撒尼尔舅舅的手一把搭在了他的肩膀上。

"别去。在这儿等着。"他小声说道。

哈里森隐约看见贝丽尔裹着一件长长的睡衣，蜷缩在床脚旁的地板上。

"贝丽尔？"纳撒尼尔舅舅温柔地喊了一声，"你没事吧？我过来了。"

"别！"她大喊一声。"那儿，那儿！"她抬起颤抖不止的双手，指着地板上堆成一团的床单。哈里森隐约看见有个黑色的东西正在里面扭动。"有……有蛇！"贝丽尔的声音都变了。

纳撒尼尔舅舅一下子僵住了。

"救救我！"贝丽尔尖叫道，"拜托了！"

"我去找利阿娜。"哈里森说完，没等他们做出回应便跑开了。他一个箭步冲进服务车厢，使劲敲打温斯顿的包厢门。利阿娜睡眼惺忪地开了门。

"救命！"哈里森喘着气说道，"车上有蛇！快！"

利阿娜立即清醒过来，从铺位上抓起一个枕头和一根一端带着钳子的金属棒。"走，走，走！"她连声说道。哈里森急忙退出包厢，领着利阿娜飞奔起来。

"在哪里？"利阿娜穿过连接门，走进了贝丽尔的包厢。纳撒尼尔舅舅正跪在贝丽尔的面前，试图安抚她的情绪。两个人前面的地板上便是那团裹着蛇的床单。

"哈里森，你能找到灯的开关吗？"

哈里森顺着墙壁摸索了一阵，打开了灯。利阿娜脱掉枕套，一把将枕芯扔在了地板上。

"大家都保持镇定，千万别乱动。"她说道，"蛇先生现在也非常害怕。"

"它还害怕？"贝丽尔生气地反驳道，"那我呢！"

"它是从哪里来的？"温斯顿抱着奇波出现在门口，带着睡意问道。

没有人回答。利阿娜慢慢向蛇靠近时，所有人都屏住了呼吸。"谁在这里呀？哎哟，是一条鼓腹巨蝰。多帅的一条蛇呀！别动噢！"她一边说，一边用钳子拨开床单的皱褶，用钳子一下子夹住了蛇的身体靠近蛇头的位置。只见蛇挣扎着猛地向后一仰，但蛇头什么也没能够到。利阿娜打开枕套，小心翼翼地顺着蛇尾把整条蛇塞了进去。接着，她松开钳子，收紧枕套，并在枕套开口的地方打了个结，然后便举着枕套走向浴室，把它放进了浴缸。

"噫！"贝丽尔勉强站了起来，慌乱地跑到了门边。

"当心！"眼见一道黑色的光从床单下突然蹿到贝丽尔的脚边，温斯顿情急之下大喊一声。原来，另一条蛇正冲向她的脚踝。蛇仰起了头，但还没等它攻击，奇波就从温斯顿怀里跳了出来，一把将它撞到了一边，并用爪子抓着它在地毯上滚来滚去。那条蛇发出咝咝的声音，朝奇波吐着舌头，可奇波却狠狠地咬住了蛇的脖子。蛇又挣扎了一下，然后彻底瘫软在了扶手椅的脚边。

贝丽尔看上去好像随时都要晕倒，可她实在不敢让自己倒在地上。她微微摇晃了一下。纳撒尼尔舅舅连忙扶着她，让她靠在自己身上，然后领着她走出她的包厢，进了他们自己的包厢。

"我几乎就死了，几乎就被一条蛇给活活咬死了。"她抬头看着纳撒尼尔舅舅，低声说道，"就像埃及艳后一样。"

利阿娜用钳子把死蛇夹起来放进了浴缸，然后便开始仔细检查贝丽尔的包厢。

"好姑娘，奇波！"温斯顿说着，一把抱起了他的獴，"你是个大英雄。"

"它真是太棒了！"奇波的表现让哈里森大为惊叹。他自己的心脏一直都在怦怦乱跳——这趟旅行中，他见过的蛇已经够多的了。

"出什么事了，贝丽尔？"埃里克·洛夫乔伊穿着浴袍，一脸担忧地走进了包厢。卢瑟·阿克曼穿着一件色彩鲜艳的条纹睡衣和一双系带鞋，跟着埃里克匆匆地走了过来。"谁在尖叫？大家都没事吧？我刚刚在床上。"卢瑟问道。

"一条蛇攻击了我！"贝丽尔在连接门的另一头大声回应道，"不，是两条蛇！它们就在我的床上！我几乎就死了！"

"一条鼓腹巨蟒和一条非洲树蛇，"利阿娜轻轻地点了点头，"两种都是毒蛇。但很幸运，没有人被咬伤。"

"噢，奇波！"贝丽尔伸出胳膊想要搂住那只獴，可奇波却钻到温斯顿的腋下，躲了起来。"你救了我的命。"说着，她又转向纳撒尼尔舅舅，"你也很棒，我的英雄。"她抓起纳撒尼尔舅舅的胳膊，紧紧地抱住了他，同时不悦地瞪了埃里克一眼，仿佛在抱怨他没有及时赶来救自己。"哈里森，你真是临危不乱。你知道什么时候该做什么。还有利阿娜，谢谢你来救我，我的下一本书将献给你和奇波。"

埃里克看上去有些不好意思。他走过去看了看那两条蛇，并主动提出帮利阿娜再把这间包厢检查一遍。

贝丽尔表示自己绝对不会再在这间包厢里睡觉了，可卢瑟却说那些空的包厢里没有铺床。于是，纳撒尼尔舅舅建议她先睡在哈里森的床上。贝丽尔不悦地瞪了埃里克一眼，旋即爬上了哈里森的床。她要了一杯甘菊茶，并开始向卢瑟·阿克曼讲述她在床上发现蛇时有多么害怕。

埃里克邀请纳撒尼尔舅舅去自己的包厢里过夜。利阿娜则提议让哈里森睡在温斯顿的床上，两个孩子可以一人睡一头。对于这个提议，哈里森欣然接受。两个男孩互相追逐着，沿着走廊跑去睡觉了。

"你觉得那些蛇是怎么钻到贝丽尔的包厢里去的？"哈里森坐在床铺上，低声问道。

"蛇大部分时候都住在地洞里，"温斯顿答道，"每当下雨时，它们就会钻出地面。"

"也许它们想找一个干燥的地方，所以爬上了贝丽尔的床？"哈里森说道。

"两种完全不同的毒蛇碰巧都想躲在贝丽尔的床上？"温斯顿轻笑了一声，"我可不这么认为。我们距离地面有一米高。"

　　"你说的没错。"哈里森说道，"我觉得那两条蛇是被故意放在那儿的。有人想要杀了贝丽尔。"

　　"可那会是谁呢？"温斯顿问道，"还有，那人为什么要这么做？"

脏衣服里的发现

"哈里森，醒醒！"温斯顿小声说道，"他们有新的发现了！"

哈里森感觉温斯顿正在摇晃自己，于是赶紧睁开了眼睛。清晨的阳光照亮了整间包厢。"怎么了？"他揉了揉眼睛问道。

"昨天晚上，阿克曼先生让妈妈仔细搜查了整列火车，以防车上还藏着别的毒蛇。"

"她找到了吗？"哈里森抱紧了膝盖，不由自主地打了个寒战。

"我刚刚听见她在外面走廊里跟洛夫乔伊警探说话。她说她在行李车厢里发现了一些东西。我觉得应该把你叫起来了。"

"你觉得会是蛇吗？"哈里森打心底里不愿意再面对任何爬行动物了。

"应该不是。"温斯顿摇了摇头，"我们去看看。"

"奇波呢？"哈里森看了看蜷缩在温斯顿枕头上的獴。

"让它继续睡。"

哈里森从枕头下掏出了速写本。当探头看到外面的走廊里空无一人时，两个男孩光着脚溜进了服务车厢，循着隐隐约约的说话声走了过去。通往行李室的门是开着的。用金属围栏围着的行李室，看起来就像一个大笼子，里面堆放着乘客们的行李。哈里森伸长脖子，往笼子里瞧了瞧。透过金属围栏，他瞥见利阿娜双手叉腰，站在埃里克旁边。他们俩都低头看着地板上的什么东西。

"拉链是开着的，"利阿娜说道，"我还以为有蛇钻进去了。其他的我还都没看过。"

"好吧，看来我们知道走私犯是谁了。"埃里克看着她，"你在这儿守一下好吗？我去叫醒卢瑟。如果我要扣押他的一名乘客，我最好还是先告诉他一声。"

"你不打算给他一个解释的机会吗？"

"这还有什么好解释的？"埃里克叹了口气，低下脑袋，又摇了摇头，"不过，也对，你说的没错。我会把他带过来，当面对质。"

"快！他要过来了！"温斯顿小声提醒了一句，随即把哈里森向后一拉，推着他走进一个房间，迅速关上了房门。房间里很暖和，弥漫着一股肥皂的味道。很快，他们便听见了一阵脚步声——洛夫乔伊走近并经过这里，然后走开了。

"这是哪里？"哈里森小声问道。

"洗衣房。"温斯顿打开百叶窗，熹微的晨光照了进来。

"我都不知道老式火车上还会有洗衣房。"哈里森看见窗户下面的墙上有一个双排的金属水槽，他们头上则是一个用绳子连着滑轮的晾衣架。木制的晾衣架上挂着一条裤子、一件豹纹衬衫和一双袜子。

"客人可以把脏衣服放进房间的篮子里。不过，这里没有洗衣机——所有的东西都得手洗。"温斯顿坐在水槽边上说道。忽然，一阵尖锐的吱吱声响起。伴随着车轮缓慢转动的声音，他们明显感觉到火车向前移动了。

"我们在动。"哈里森说道。

"你觉得那个行李箱里会有什么东西？"

"我们等着瞧吧！"哈里森向后退了一步，没想到被一双沾满干泥的靴子绊了一跤，差点儿把身后架子上的熨斗撞掉。

"嘘！"温斯顿咯咯地笑道，"你想让他们听到我们在这儿吗？"

但哈里森看起来并没有在听温斯顿说话。他解开绳子，打算把晾衣架降下来。就在晾衣架慢慢往下降时，他瞥见了一个粉红色的东西："温斯顿，你看——裤子口袋里，看到没？"

温斯顿倒吸了一口气："是一块粉红色的布。"

"和我们在克罗斯比先生的衣柜里找到的一样。"

温斯顿从口袋里掏出那块碎布，递给了哈里森。

"这是谁的裤子呢？"哈里森展开那条海军蓝的斜纹棉布裤问道，"肯定是个高个子男人的。"

"那里有洗衣记录。"温斯顿指了指墙上贴着的一张纸说道。

"记录显示裤子是帕特里斯的。"哈里森看了看纸上的内容说道。

"帕特里斯的裤子口袋里为什么会有默文·克罗斯比衬衫上的一块碎布呢？你说他们会不会打过一架？"

哈里森还没来得及回答，门外便传来了一阵脚步声。温斯顿把门拉开一条小缝，两个男孩都凑了上去。他们看到埃里克、卢瑟·阿克曼和佐佐木亮走进了行李室。

"佐佐木先生为什么跟他们在一起？"哈里森小声问道。温斯顿把门又拉开了一些，行李室里的声音他们听得更清楚了。

"到底有什么重要的事情，你非得把我叫醒，还专门带到这里来？"亮问埃里克。

"这是你的手提箱吗？"利阿娜指着地上的箱子问道。

"是的。"亮一脸困惑地答道。

哈里森踮起脚尖，看了一眼手提箱，发现箱子是红色的。

"昨晚，我们在一名乘客的包厢里发现了两条蛇。之后利阿娜便开始搜查整列火车，"埃里克解释道，"别担心，没有人受伤。"看到亮一脸担忧的样子，埃里克连忙摆摆手，补充了一句。"可她在这里检查行李时，却意外发现了另一件同样令人担忧的事情。"他看了看利阿娜，"把箱子打开。"

利阿娜蹲下来，打开了箱子。哈里森踮着脚尖，想要一探究竟。"噢，不！"当他看清箱子里的东西时，他倒吸了一口气。

“是什么？你看到什么了？”温斯顿小声问道。

“一只犀牛角！”

“我不明白，”亮说道，“这是什么？”

“这是一只犀牛角。”埃里克说道，“我觉得你应该很了解才对。”

“佐佐木亮是走私犯？”温斯顿感到非常震惊。

“我知道很久以前的一些药物里会用到犀牛角，”亮说道，

"因为有些人觉得把它磨成粉末，加在水里喝掉便能治愈疾病——我可不这么认为。我是一名外科医生，我在医院工作。我才不会做那种事情呢！"

"即使你不相信这套方法，"埃里克低头看着手提箱说道，"你也应该知道，犀牛角和黄金一样值钱。"

"但这不是我的，"亮说道，"我从来没有见过它！你为什么要这么说？"他目瞪口呆地看着埃里克问道。

"因为你是一名走私犯，佐佐木先生。"埃里克答道，"如果我们还在南非，我会立刻逮捕你。"

"我已经给赞比亚警方打过电话了。"阿克曼先生说道。"我们再过几个小时就会到站，他们会在那里等着我们。"他摇了摇头，"我真的很惊讶，佐佐木先生。"

"什么？不！这肯定是搞错了！"

"佐佐木先生，我犯的唯一错误就是相信了你。"埃里克说道，"等我们抵达赞比亚后，你将被警方逮捕，不仅是因为你走私犀牛角，还因为你涉嫌谋杀。"他不容置疑地瞪了亮一眼，"看来我欠阿米莉娅·克罗斯比一个道歉，她丈夫的死确实不是意外，对吗？"

佐佐木的手法

"这肯定是搞错了。"确认埃里克他们三个人离开后，哈里森看着温斯顿，小声地说道，"我们得阻止他们。"

"我们该怎么办？"温斯顿看上去非常吃惊。

"我们去告诉纳撒尼尔舅舅，"哈里森谨慎地打开房门，"他肯定知道该怎么办。"

两个男孩蹑手蹑脚地走了出来，光着脚悄无声息地踩在地毯上，偷偷地跟了上去。埃里克把亮带到了他们昨天与各个乘客谈话的那间包厢。温斯顿还在犹豫的时候，哈里森已经溜进了埃里克的包厢，叫醒了舅舅。

"哈里森？现在几点了？没出什么事吧？"

"快七点了。快！你得赶紧过去。亮被指控走私犀牛角，"哈里森急切地小声说道，"现在埃里克还怀疑他杀了人！"

"什么？！"纳撒尼尔舅舅拿起自己的眼镜，吃惊地叫了一声，"这太可笑了。"他一下子从床上跳了起来。"昨天埃里克还觉得两件事情之间没有任何联系，当时他坚持认为那是一场意外。"他披上睡袍，"是什么让他突然改变了主意？"

"我不知道。"哈里森说道。

当他们抵达"审讯室"时，皋月正一脸困惑地站在门口，用日语和她的丈夫说着什么。亮说话的语气非常平静，听起来让人很是安心。

"卢瑟，请把佐佐木女士带回她的包厢去，给她一杯茶。"埃里克说道。卢瑟·阿克曼猛地点了点头，拉住皋月的胳膊，领着她离开了。

"埃里克，"纳撒尼尔舅舅说道，"怎么回事？亮被指控犯罪了？"

"这是警察要操心的事情，纳撒尼尔，跟你没有关系。"

"难道他没有权利请律师吗？"

"等我们到了赞比亚，他可以给律师打电话。"埃里克说道，"好了，一切都在我的掌控之中。"

"如果你现在要审讯他，或许我可以代替他的律师先出席？当然，前提是佐佐木亮同意。"

"谢谢你。"亮满怀感激地朝纳撒尼尔舅舅鞠了一个躬。他看着埃里克，"我希望纳撒尼尔·布拉德肖能在场。"他平静地说道。

"可他不是律师。"埃里克反驳道。

"不过，你在这里没有司法管辖权吧？"纳撒尼尔舅舅提醒埃里克道，"我觉得多一个人在场，对所有人都有好处，到时候也好向赞比亚警方说明情况。"

"好吧。"埃里克看起来有些恼怒地说道。

"哈里森、温斯顿，进来，坐到沙发上去。哈里森，你带了速写本吧？好，你负责做记录。"纳撒尼尔舅舅朝埃里克微微一笑，"我们可以开始了吗？"

埃里克看上去好像想要抗议什么，但他终究只是叹了口气，关上了房门。

"你能解释一下为什么要逮捕亮吗？"纳撒尼尔舅舅坐在扶手椅边上问道。

"佐佐木先生因为向赞比亚的一个接头人非法运输犀牛角而被捕。我相信他是我追踪了一年多的走私团伙中的一员。他手提箱里的犀牛角已经足够给他定罪了。"

"那不是我的。"亮语气坚定地说道。

"那它为什么会在你的箱子里？"

"可能是有人栽赃。"哈里森提出了一个想法。

"哈里森，如果你要当证人，那就不要打断我。"埃里克厉声说道，"佐佐木先生走私犀牛角，而且，我相信默文·克罗斯比发现了他的计划。"

"有什么证据呢？"亮坚决地问道。

"那张纸条。"哈里森小声说道。

"是的，哈里森，就是利阿娜的那张纸条。"埃里克说道，"克罗斯比先生肯定已经发现你是走私犯了。他发现了那只犀牛角，并且将其作为证据藏在了自己的衣柜里。我猜他原本想要以此敲诈或要挟你。他在克鲁格国家公园跟你对质了，对吧？这才是那天下午皋月想回火车的真实原因吧？她是不是很不高兴？"

"她是累了。"亮纠正道。

"你必须把那只犀牛角拿回来，并且阻止默文·克罗斯比把你的事情捅出去。昨天下午茶后，你戴上手术手套，溜进皇家套房，准备偷走犀牛角。听到有人回来，你连忙躲了起来。克罗斯比先生走进包厢，锁上门，取下了他的枪。你就是那个时候动了杀心，对吧？你猛地跳出来，一把抢走枪，朝他开了一枪。现场之所以没有留下指纹，是因为你戴着手套。你还故意调整了尸体和枪的位置，让现场看起来像是发生了一场意外的样子。之后，你拿回了克罗斯比先生拿走的犀牛角，并把它放进了你的医疗包里，但你却不知道犀牛角上掉了一小块——哈里森和温斯顿昨天晚上找到了这个关键的证据。"

"可他是怎么逃跑的呢？"温斯顿问道，"我们应该会看到他才对，门都是锁着的。"

"你和哈里森一进观光车厢，佐佐木先生就用克罗斯比先生的钥匙打开了门。"埃里克答道，"佐佐木先生当时应该是想返回自己的车厢，但却听到纳撒尼尔把卢瑟带了过来。然后，他用你们实验过的那个方法躲进了帕特里斯和波西亚开着门的包厢里。等到纳撒尼尔喊他时，他便像变魔术一样突然出现在了现场，还假装自己是因为听到了骚动，所以才带着医疗包跑了过来。"

"你说的这些事情我一件也没做过！"亮生气地说道。

"作为一名外科医生，佐佐木先生知道我肯定会让他进入犯罪现场。"埃里克继续说道，"他掏出之前那双手术手套，与卢瑟和我一起进了包厢。进门后，他便在我们没注意的情况下把克罗斯比先生的钥匙放回了桌子上，并开始说服我，让我相信这可能只是一场意外，从而阻止我展开进一步的调查。"

哈里森张大了嘴巴，埃里克·洛夫乔伊警探的推理还是说得通的。

"可有一件事情你并不知道，佐佐木先生，克罗斯比先生给利阿娜写了一张纸条，要求与她见面。至于说他究竟是为了了解犀牛角的价值，还是为了向她告发你，我们永远也不会知道了。"

亮看上去大为震惊。

"可他有不在场的证明。"纳撒尼尔舅舅提醒道。

"证人是他的妻子。"埃里克的声音里充满了讽刺的意味。

他摇了摇头，"我希望佐佐木先生的太太能够想清楚，如果她帮丈夫做伪证，她也会被起诉的。"

哈里森感觉自己的胃像被扭成了麻花。佐佐木亮真的是走私犯和凶手吗？他在心里细细分析着亮给出的说法：谋杀发生时，皐月和亮在一起，亮从未见过犀牛角，也无法解释犀牛角为什么会在自己的箱子里。但哈里森确实拿不出有力的证据反驳埃里克的推论。

"你昨天还坚信克罗斯比先生的死是一场意外。"纳撒尼尔舅舅对埃里克说道。

"那是哈里森和温斯顿在克罗斯比先生的房间里找到犀牛角之前。"

"这都是些间接证据，"纳撒尼尔舅舅平静地指出，"你还没有证实它们。"

"总会有办法的。"埃里克说道，"等我们到了赞比亚，我会对整列火车进行仔细的搜查。我很确定佐佐木先生就是我们要找的人。"

"埃里克？"亮摇了摇头，"你怎么能这么想我呢？"

"我是一名警探，佐佐木先生。我必须跟着证据走，即便有的时候我不喜欢这样做。现在所有的证据都指向了你。"他叹了口气，"由于我在打击走私行动中扮演的角色，我过早地断定克罗斯比先生的死是一场意外。现在，我终于想明白了。"

"那好吧。"纳撒尼尔舅舅站了起来，"谢谢你如此清楚地阐述了你的理由，埃里克。走吧，亮，我们回你的包厢去。皋月会担心的。"

"可是……"埃里克一下子跳了起来。

纳撒尼尔舅舅举起手，冷冰冰地瞪了埃里克一眼。"我要让亮回到他怀孕的妻子身边，这样他才能向她解释发生了什么。我相信你也不想给她带来任何痛苦。佐佐木夫妇将在包厢里度过余下的旅程，直到赞比亚警方前来接手。"纳撒尼尔舅舅不容反驳地说道。

埃里克点了点头。

"哈里森、温斯顿！"纳撒尼尔舅舅叫道，两个男孩连忙起身跑到了纳撒尼尔舅舅身边。纳撒尼尔舅舅向埃里克鞠了一躬，便拉着亮和孩子们退出了包厢，并关上了门。

折纸

　　埃里克关于佐佐木亮的推论吓得哈里森和温斯顿一句话也说不出来，他们俩默默地跟着亮和纳撒尼尔舅舅走在走廊里。一路上，温斯顿都用责备的眼神盯着亮的后背。

　　当他们来到佐佐木家的包厢时，皋月正一个人坐在里面。亮一进门，皋月便一下子站了起来。迟疑了片刻，她冲上前，一把抱住丈夫，用日语飞快地说着什么。亮依旧用温柔的语气安抚着妻子，但哈里森看得出来，他其实很难过。

　　亮松开了妻子。皋月转身向哈里森他们鞠了一躬，请他们

293

进到包厢里，并轻轻地关上了房门。

"我们能做些什么呢？"亮靠在窗上，看着他们，略带沮丧地问道。

"埃里克的推理很有说服力，但他唯一的证据就是那只犀牛角。"纳撒尼尔舅舅说道，"单凭这个证据，在法庭上是站不住脚的。"

"你能帮帮忙吗？"亮看了看哈里森，"你也参与了调查。"

"我试试看。"哈里森点了点头，"洛夫乔伊警探太着急下结论了，他的话有一半没有任何证据来支持。"

"可没有多少时间了，"纳撒尼尔舅舅有些难过地说道，"早饭后我们就到赞比亚了。我们应该集中精力给佐佐木亮找一名好律师。我认识的几个熟人，他们或许能帮上忙。"

哈里森走到皋月面前。"嗯……"他摸出自己的速写本，顺着装订处胡乱撕下几页，"你想折纸吗？你之前说过，折纸能让你感觉好一些。"

皋月露出一丝苦笑。她接过哈里森递过来的纸，在桌旁坐了下来。"你人真好，哈里森。"她语气温柔地说道。

皋月灵巧地把手中的纸裁好，又对折过来。她的表情专注，手指在纸上上下翻飞。看得出来，折纸确实让她平静了下来。哈里森出神地看着皋月，试着记下她每一步的动作。

哈里森转过头去，想知道温斯顿是否愿意加入他们，可自己的这个好朋友此时正盯着窗外微微泛起柠檬黄的地平线。昨晚雷阵雨的痕迹全都消失了。

哈里森学着皋月折纸的样子，试着动手折了起来。可没过多久，他就感觉有些摸不着头脑，索性放弃了。他把手中的半成品改成了一架纸飞机，让它飞到了温斯顿的头上。温斯顿回过头，看了哈里森一眼，一言不发。看得出来，温斯顿并不高兴待在佐佐木夫妇的包厢里。

"哈里森、温斯顿，"纳撒尼尔舅舅说道，"我觉得该吃早餐了。我们让佐佐木夫妇单独待一会儿吧！"

哈里森点了点头，直到现在他才发觉光着的双脚冷冰冰的。于是他站了起来。

"给。"皋月递给哈里森一只叠得无比精致的千纸鹤，哈里森小心翼翼地把它放进了速写本里。谢过皋月后，哈里森跟着纳撒尼尔舅舅和温斯顿走出了包厢。

"我穿好衣服就来找你，好吧？"哈里森问温斯顿。

"我得去喂奇波，然后陪它玩一会儿。"

"那我们吃完早饭后见。我们可以再一起看看证据。也许我们遗漏了什么可以证明亮清白的东西。"

"我觉得他可能有罪。"温斯顿咬着嘴唇，轻声说道。

"什么？！"哈里森吃了一惊。

"佐佐木看起来是个好人，可我们对他有多少了解呢？"温斯顿看起来有些难受，"如果洛夫乔伊警探是对的呢？"

"可没有证据……"哈里森反驳道。

"当侦探确实很好玩，"温斯顿说道，"但埃里克·洛夫乔伊才是真正的警探，他有警方出具的报告，而且还做了那么久的秘密调查。犀牛角就在亮的手提箱里……"

"好吧。"哈里森咽了口唾沫，"我等一下再去找你。"说完，他和纳撒尼尔舅舅一起返回了他们的包厢，他的心里始终有一种很奇怪的感觉。

"希望贝丽尔醒了。"纳撒尼尔舅舅走近包厢，轻轻地敲了敲门。

"谁呀？"贝丽尔在里面应了一声。

"是我们，贝丽尔。"纳撒尼尔舅舅答道，"我们来换衣服，准备去吃早餐。"

"噢。"贝丽尔的语气里似乎流露出几许失望，"进来吧，别担心，我穿得整整齐齐的。"

他们推门进去，贝丽尔正坐在床上。"我希望来的是另一个人。你们也知道，我之前被蛇攻击了，还是两条蛇！我还以为埃里克会来看看我。"她抱怨似的说道。

"埃里克为什么要来看你？"哈里森问道。

"我和埃里克的关系不是挺好的吗？我还以为他会担心我。"说着，贝丽尔有些嗔怪地看了哈里森一眼。

"埃里克今天早上有些忙。"纳撒尼尔舅舅一边往衣柜那里走，一边说道。

"你是说他忙得都没时间来看我吗？"贝丽尔噘着嘴说道。

"他指控佐佐木先生走私犀牛角，"哈里森说道，"以及杀害克罗斯比先生！"

"是艺术反映生活，还是生活反映艺术？我为我正在写的这本书构思了一种结局：凶手要么就是那位好心的医生，要么就是那位安静的旅行作家。"

纳撒尼尔舅舅被贝丽尔的话吓得呆住了，哈里森则勉强忍住，没有笑出声来。

"我念一段给你们听。"贝丽尔在手提包里翻了翻，接着把包里的东西都倒在了床上，"咦，讨厌！到哪里去了？"

"你的书里也有我吗？"哈里森一边问，一边从抽屉里拿出了一套干净的衣服。

"当然！"贝丽尔站起身，四下看了看，"你死得可惨了。你刚想明白凶手到底是谁就被食人鳄袭击了。"

"真棒！"哈里森哈哈大笑。

贝丽尔看起来有些困惑，她走进自己的包厢，同时提高了嗓门，确保他们还能听到自己说话。"这列火车上的每个人在我的书中都有一个对应的角色。当然，出于法律原因，我用了化

298

名。"她一边说着，一边在四处翻找，从她那边传来一阵哗啦啦的响声。当哈里森换好衣服时，听到隔壁包厢传来了一阵沉闷的击打声。

"事实通常比虚构更加有趣。比如，你知道弗洛·阿克曼讨厌她哥哥吗？卢瑟才是父母最喜欢的孩子，虽然他对火车一窍不通，但他还是继承了家族企业的绝大部分股份。埃里克，当然了，他是书中魅力四射的侦探——英俊而忧郁。但是你知道他的哥哥死在监狱里了吗？"贝丽尔的声音继续传了过来。然后哈里森听见她打开抽屉又关上抽屉的声音。"他之所以成了一名警探，就是想要搞清楚害他哥哥入狱的那个案子，太惨了。还有阿米莉娅，为了和默文在一起，她取消了自己和青梅竹马的恋人之间的婚约！对此，她一直很后悔。"

哈里森把游猎时带回来的一袋花生装进了口袋，那是他专门留给奇波的，他想以此向温斯顿表达自己的好意。就在这时，隔壁包厢里突然传来一声似乎是玻璃碎了的声音。哈里森看了一眼纳撒尼尔舅舅，两个人连忙冲向了连接门。

"贝丽尔，没事吧？"纳撒尼尔舅舅问道。

"不，有事！"贝丽尔失声痛哭起来，"我的恐慌症要发作了！"她站在自己包厢的中间，地板上散落着衣服、文件、被褥和空空的抽屉。

"出什么事了？"哈里森问道。

"我的笔记本不见了！"贝丽尔大声说道，"我一直把它带在身边，可昨天晚上，因为那些该死的蛇，我肯定把它收起来了，可我怎么也想不起来放在哪里了！"

"我们会帮你找的，对吧，哈里森？"

"我写的整部小说都在里面！"贝丽尔的声音颤抖不止。"但还不止这些，"她摇了摇头，试图控制自己的情绪，"就……就……"

哈里森想起了自己把速写本丢在克鲁格国家公园时的感觉，"就好像没有它你就无法思考一样。"他说道。

"没错！"贝丽尔点了点头，"笔记本里记录了我所有的构思、想法和观察。"

"所以说，不仅仅是小说的内容？"纳撒尼尔舅舅说道。

"不！所有东西都在里面。我把我看到的、听到的、闻到的、尝到的和想到的都记在里面了。而且，我跟你们说，没有人会注意一个在角落里乱涂乱画的古怪女人——人们会在不经意间暴露出各种各样的好东西。"她用双手捂住脸，"现在好了，全世界都不可能知道游猎之星号谋杀案的真凶是谁了。"

"你说什么？"哈里森问道。

"那是我给这本书起的名字。"贝丽尔抹着眼泪说道，"怎么了？你不喜欢这个名字吗？"

"哈里森？"纳撒尼尔舅舅皱起了眉头。

哈里森没有回答。一页页素描在他脑海中重新排列组合，拼凑出了一个完整的故事。这个故事是那么出人意料，就连哈里森自己也被吓了一跳。他朝舅舅笑了笑，然后转头说道："这是个完美的书名，贝丽尔。"

第二十九章

愤怒的撕扯

一盘炒鸡蛋和几片吐司摆在哈里森面前，可他一口也吃不下。疑问攫住了他的肠胃，各种问题在他的脑子里轰鸣。他所构建的这幅画面中还有一个很大的空白。他需要证据，可他快没时间了。

"怎么了？你不饿吗？"纳撒尼尔舅舅用叉子叉起一片腌鲱鱼问道。

"你觉得……贝丽尔的笔记本有没有可能被偷了？"

"谁会做这种事？"

"如果她发现了什么重要的事情并且记了下来，也许真的有人会这么做。"

叮！叮！卢瑟·阿克曼站在餐车的最前面，用勺子敲打着一只玻璃杯。

"女士们、先生们，这是我们在游猎之星号上的最后一个早晨了。我很抱歉我们的旅程被……呃……许多不快打扰。但现在，我可以很高兴地告诉各位，再过二十分钟，我们将抵达世界上最壮观的景观之一——维多利亚瀑布。我建议各位及时前往观光车厢，找个好座位。乘务员们也将和我们一起，举杯庆祝这段壮观的旅程走到尽头。瀑布顶端的桥对火车通行有严格的限速——每小时八千米，所以我们有足够的时间欣赏风景，品味香槟。"

哈里森根本没有心思听阿克曼先生的讲话，他只是一个劲地翻看着自己的速写本。

"你在找什么？"纳撒尼尔舅舅问道。

"我之前画了一张火车示意图，图上标出了克罗斯比先生被枪杀时每个人的位置，但我现在找不到那一页了。那页纸本来就有些松松垮垮——一定是掉出来了。"哈里森翻到夹着克罗斯比先生衬衫上两块粉红色碎布的那一页，用手指拿起其中一块，瞥了一眼坐在过道对面吃早餐的帕特里斯和波西亚。"舅舅，我需要你帮我一个忙，你跟我来一下吧。"说完，他对舅舅使了个眼色，然后便起身走到了帕特里斯他们桌子的旁边。

"打扰一下，姆巴塔先生，我得问你一件事。"哈里森对这位肥皂剧演员说道。帕特里斯抬起了头。

"你说，"帕特里斯对哈里森露出了迷人的微笑，"是关于上电视的事吗？"

"不是。"哈里森坐了下来，压低了声音，"是关于克罗斯比先生的衬衫。"

波西亚的餐具哗啦一声掉在了地上，帕特里斯的笑容也在一瞬间凝固了。

"你知道些什么？"帕特里斯往前倾了倾身子。

"我全知道了。"哈里森说着，把那块粉红色的碎布放在了桌子上。与此同时，纳撒尼尔舅舅正好走了过来，站在了他的身边。

波西亚用手扶着脑袋。"我还以为你已经把它们处理掉了。"她的声音听上去很虚弱。

"我确实处理了。"帕特里斯小声说道。

"你可以解释一下吗？"哈里森往旁边挪了挪，纳撒尼尔舅舅顺势坐下来问道。

"克罗斯比先生的死和我没有关系，"帕特里斯说道，"我发誓。"

"但克罗斯比先生死的时候你就在他的包厢里，对不对？"哈里森低声说道。

帕特里斯停顿了一下，接着点了点头。

"下午茶时他那样羞辱你，你当时发火了。"哈里森提示道。

"我确实被激怒了。"帕特里斯的眼里流露出一丝愤怒的光，"我不能让他那样对我说话，我必须捍卫我的荣誉。"

"你想反击？"

"是的。"他用嘶哑的声音低声说道，"我当时非常生气，恨不得把他撕成碎片。但我不是一个会使用暴力的人。我决定撕碎他的粉红色衬衫，吓唬吓唬他，让他稍微收敛一些。于是，我弄开了两间包厢之间连接门上的挂钩，走到他的衣柜前，拿出那件衬衫，把它撕成了碎布条。"

"可后来克罗斯比先生回来了。"哈里森说道。

"我当时真不知道该怎么办了！我听见他就在门口，根本没有时间让我逃跑，"他看着哈里森，"于是我抓起衬衫躲进了浴室。"

　　"我们在外面敲门，让他不要开枪时，你就在浴室里？"哈里森问道。

　　"我听到你们在外面大叫了。我还听见他给枪上了膛，真把我吓坏了。他把一个东西砸到门上，然后我听见他打开了窗户，接着……接着……"他的声音渐渐低沉下去，以至于后来根本就听不到了。

　　"是我让帕特里斯别跟洛夫乔伊警探说这些的。"波西亚说道。

　　"你没有听到别的什么动静吗？"哈里森全神贯注地盯着帕特里斯。

　　"枪响后，我听到默文·克罗斯比倒在了地上。我把门打开了一条缝，看到他躺在那里。"他浑身都颤抖了起来，"我不喜欢血，也不喜欢枪支。"

　　"你做了什么？"纳撒尼尔舅舅语气平和地问道。

　　"当时我想，我必须要迅速离开那里。于是，我抓起所有的衬衫碎布，跑回房间，把它们扔进了洗衣篮。接着，我走到包厢门口，想看看到底发生了什么事情。我看到你和你的朋友走开了，但那只獴发现了我，朝我跑了过来。所以我只好倒在床上，从枕头下面拿出眼罩和耳塞，假装睡着了。"

"你真是一名好演员，"哈里森说道，"我当时真以为你睡着了。可你是怎么把连接门重新锁上的？"

"我用牙线把挂钩从门上拉了下来，这是我小时候就会的把戏。我在进去之前就设计好了——我想把房间从里面锁起来，这样一来，如果克罗斯比先生发现衬衫被毁，肯定不会怪到我的头上。"他摇了摇头，"你们离开我的包厢后，我彻底慌了，连忙把所有的衬衫碎片都扔到了窗外。"

"并不是所有。"哈里森说道，"当你取出这几件衬衫时，有一块碎布卡在了衣柜的铰链上，而这一块则被送进了洗衣房。"

"默文·克罗斯比不是我杀的。你们得相信我！"

"我相信你。"哈里森说道。

"你相信他？"纳撒尼尔舅舅有些吃惊地问道。

哈里森点了点头说道："现在，我们有证人可以证明案发时，佐佐木亮并不在那间包厢里。"他的声音里透着一股坚定的自信。

"佐佐木亮？"波西亚皱起了眉头。

"洛夫乔伊警探正在调查他，"哈里森说道，"但我们都觉得他是无辜的。"

"我可不想被卷入这种丑闻，"帕特里斯坦言道，"但我也不会让一个无辜的人进监狱。"

"走吧，走吧，各位！"卢瑟·阿克曼大步走到他们桌边，兴奋地搓着手，"该去观光车厢了！"

"你准备怎么办？"帕特里斯有些紧张地看着哈里森问道。

"不到万不得已，我不会告诉任何人衬衫的事情。"哈里森答道。"但我还有最后一个问题。"他转向了波西亚，"我们上火车的第一天，我听见你们俩在争吵。你跟帕特里斯说要他礼貌一些，因为那不仅仅关乎他的尊严。当时你说那句话是什么意思？"

"我不希望他对克罗斯比先生的态度影响到我和妮可的关系。"波西亚说道，"那个女孩满怀激情地想要自己闯出一片天地，而我想帮助她。她是一个非常聪明的女孩。她私底下找到我，而且……"

"她有一大笔钱可以用来投资。"帕特里斯抢着帮她把话说完了。

"我没明白，帕特里斯在克罗斯比先生的房间里，可他不是凶手。但真的有凶手吗？"当他们一行人向观光车厢走去时，纳撒尼尔舅舅问道。

哈里森叹了口气。"我想我知道是谁干的了。我只是没想明白这个人是怎么做到的。"他说着，用速写本轻轻地敲着自己的前额，"这里有一个盲点。"这时，皋月折的千纸鹤从速写本中滑下来，缓缓地落在了地上。哈里森弯腰把它捡了起来。"原来在这儿！"他惊喜地叫道。

"什么？"纳撒尼尔舅舅问道。

"皋月把我画的示意图折成了千纸鹤——这张图上标出了枪击发生时每个人的位置。怪不得我一直没有找到它。"哈里森刚把千纸鹤展开，整个人便僵住了。他盯着手中的示意图，重新将它折了起来，然后把它再次展开。纸上的线条先是聚在一起，紧接着又被展开铺平。"我知道怎么回事了！"哈里森瞪大眼睛看着舅舅，"我知道克罗斯比先生是怎么被谋杀的了。我们得在驶过瀑布之前证明这一点，不然就来不及了！"

第三十章

维多利亚瀑布

哈里森转过身，飞快地穿过空无一人的餐车往回跑去。

"等等，哈里森！"纳撒尼尔舅舅一瘸一拐地跟在他的身后，"你要去哪里？"

"去洗衣房！"哈里森一边大声说着，一边跑出餐车，窜进了后面服务车厢的走廊。

"当心！"温斯顿大喊一声，可哈里森还是迎面撞上了他。两个男孩跌到地上，滚成了一团。奇波从温斯顿的肩上跳下来，瞪着哈里森。

"你们没事吧？奇波没事吧？"纳撒尼尔舅舅把两个男孩扶了起来。

"你在干什么？大家都该去观光车厢看风景才对啊！"温斯顿揉着脑袋说道。

"我们得赶紧去洗衣房，"哈里森说道，"我有证人能够证明亮不可能杀害克罗斯比先生。"

"亮不是凶手？"温斯顿看起来有些困惑。

"对，而且他也不是走私犀牛角的犯人。快点！"哈里森拔腿就跑。

冲进洗衣房后，他疯狂地四处翻找。"不见了！"他叫道。

"你在找什么？"纳撒尼尔舅舅问道。

"今天早上，这里有一双沾满干泥的靴子。"哈里森拉出篮子，一边找，一边把一叠床单扔到了旁边，"温斯顿，你还记得吗？"

"对。早餐期间，工作人员会把靴子洗干净，再把它送回主人的房间。"

"不！"哈里森转向纳撒尼尔舅舅，"那是我们的证据！"

"什么的证据？"纳撒尼尔舅舅问道，"怎么回事，哈里森？你想到什么了？"

哈里森把自己的推测告诉了他们。

"不！"温斯顿难以置信地说道，"这……不可能！"

"我的老天啊，你说的没错。"纳撒尼尔舅舅的脸上渐渐失去了血色，"这就都说得通了！"

"如果我们穿过国境，进入赞比亚……"

"那就来不及了。"纳撒尼尔舅舅说道。他看了看手表，"我们还有不到五分钟就到边境了。"

"我们得让火车停下来，"哈里森说道，"我们需要更多时间搜集证据。"

"让火车停下来？"纳撒尼尔舅舅看上去很是震惊。

"我们还有最后一次机会，"哈里森说道，"温斯顿，如果我和纳撒尼尔舅舅能想办法让火车停下来，你能找到我需要的证据吗？我知道你能在哪里找到它。"

温斯顿急忙点了点头，哈里森接着把下一步的指示告诉了他。

"懂了。"温斯顿点点头，一个箭步冲出房间，沿着走廊飞奔而去。

"我们需要找到紧急刹车，"纳撒尼尔舅舅说着，环视了一下整个房间，"这里应该有一个按钮或者一根绳子才对。"

"也许在外面的走廊上？"哈里森问道。

"我没看到。"纳撒尼尔舅舅跟着哈里森走了出去，"我们去厨房找找看！"

厨房里空无一人，除了炊具正随着火车的晃动在叮当作响外，这里再没有任何动静。

"我们得自己让火车停下来。"哈里森说道，"快走！"他们匆匆退回走廊，经过行李室和乘务员休息室，朝火车头走去。纳撒尼尔舅舅打开最后一扇连接门，门外便是煤水车坚硬的金属墙，下面是火车的铁轨——没有别的路可以走了。

"我们过不去了！"纳撒尼尔舅舅提高嗓门，盖过了引擎的轰鸣声，"这是一辆 25NC 型火车，煤水车没有过道！"

"我们可以从上面爬过去吗？"

"太高了！而且也太危险了！"

透过树林的间隙，哈里森看到了从维多利亚瀑布处升腾起来的滚滚白雾。火车驶上了弯道。当他们接近大桥时，火车的速度放慢了。

"阿克曼先生说过，大桥上的限速是每小时八千米。"哈里森的心脏随着车轮的转动怦怦直跳，"我觉得我可以跳下火车，然后再跑到驾驶平台。"

"你绝对不能跳下火车。"纳撒尼尔舅舅一把将哈里森从门口拉开，"你留在这里，我去。"

随着一阵汽笛声，游猎之星号从树林中钻了出来，轰隆隆地驶上了大桥。两旁的陆地似乎全部退开了，只有瀑布一泻而下，腾起的巨大水汽使人不由得产生了错觉，还以为火车一头扎进了流水中。瀑布下方弥漫出大片的白雾，缓缓升起，又慢慢消失在空中。

纳撒尼尔舅舅走出车门，抓住固定在服务车厢上的梯子。稍做停顿后，他纵身一跃，跳了出去。看到舅舅笨拙地用有伤的那只脚着地，又栽倒在路旁的样子，哈里森不由得缩了缩脖子。

"纳撒尼尔舅舅！"

哈里森连想都没想便探出身子，踩在了梯子上。他盯着火车下方向后退去的路面，咬紧牙关跳了出去。砰的一声，他撞在桥上，擦伤了膝盖。但他已经顾不得那么多了，他迅速地爬起来，沿着铁轨用最快的速度向火车头奔去。

虽然已经减速了，但巨大的火车头仍咆哮着继续向前，车头冒出的黑烟冲上了云霄。哈里森拼尽全力向前奔跑着。车轮的哐当声和瀑布的轰鸣声震得他的两个耳朵嗡嗡直响。他朝着高高的煤水车一路狂奔，浑身上下的肌肉仿佛都燃烧了起来，肺里似乎被浓烟和蒸汽灌满了。

"加油啊！"他在心里对自己大声喊着，满心希望两条腿能跑得再快一些。他离驾驶平台越来越近了。"停车！"他大声喊道，"停车！"

他已经可以看到驾驶室里弗洛的后脑勺了。

"停！"哈里森一边跑，一边挥舞着高举的双手，"停！"但谁也没有看到他或听到他的喊声。他伸手去够火车侧面的梯子，他的手指几乎可以触到那把金属扶梯了。他聚起最后一股力量，猛地向前一跃，抓住梯子，把身体吊了起来。他喘着粗气，紧紧地抓住梯子，爬进了驾驶室。"停车！"他声嘶力竭地喊道。

"哈里森！"弗洛惊讶得跳了起来。格雷格和希拉转过身，哈里森挣扎着从满是油渍的地板上爬了起来。

"停车！"他大喊道，"情况紧急！"

他们都一脸惊讶地看着他，但谁都没有停下手中的动作。车头离桥的另一头越来越近了。哈里森看到希拉正抓着调节器

315

红色的金属臂，于是他猛地冲过去，一把拉下了刹车杆。

车轮瞬间被锁死了，火车发出刺耳的尖叫声，发动机随之战栗起来。弗洛脚下一绊，伸手抓住了汽笛的链子。一声高亢嘹亮的汽笛声在峡谷中回荡起来，火车终于停了下来。

（上图为小说虚构场景，人物动作具有一定的危险性，请勿模仿。——编者注）

钢铁之诗

"你是不想活了吗？"弗洛气得满脸通红，"你知道自己在干什么吗？"

"我没时间解释了。"哈里森说着，一个箭步冲到扶梯边，"警察马上就到了。在他们下达命令之前，千万不要发动火车。"

"什么？！"哈里森所做的一切都让弗洛感到困惑极了。

从扶梯上滑下来后，哈里森才发现自己的双腿抖得像筛东西一样。有那么一瞬间，周围只剩下了维多利亚瀑布的轰鸣声。他的衣服被雾水和汗水浸透了。在火车的另一端，人们纷纷从

317

观光车厢的露台上走下来。乘客和工作人员鱼贯而出，大家都很好奇火车为什么突然停下来了。

"哈里森！你没事吧？"纳撒尼尔舅舅一瘸一拐地朝哈里森走过来问道。

"我没事！"哈里森迎着舅舅跑了过去，"你没事吧？"

"怎么回事？"卢瑟·阿克曼大喊大叫地朝火车头走来，"弗洛？我们怎么停下来了？"

"问他。"弗洛指了指哈里森。

哈里森看了看卢瑟·阿克曼的身后，他发现乘客和工作人

员全都朝这边走了过来。等众人走到能够听见他说话的范围时，他大声喊道："大家听好了！佐佐木亮被指控走私和谋杀！"

埃里克·洛夫乔伊此时正站在亮的身边，一只手搭在他的肩上。埃里克的举动间接证实了哈里森的说法。好几个人倒吸了一口气，看来不是每个人都知道发生了什么。哈里森现在已经成功地吸引了大家的注意力，他必须镇定，把时间拖延下去。

"佐佐木亮是无辜的！"随着一声大喊，温斯顿从服务车厢

上爬了下来。他抓着背包，径直跑向哈里森。

"你找到了吗？"哈里森小声问道。

"对。"温斯顿的脸上露出了兴奋的神色，"就在你说的地方。"

"洛夫乔伊警探已经根据确凿的证据理清了整个案件。"卢瑟·阿克曼的声音洪亮而又清晰，在场的每一个人都听得清清楚楚，"今天早上，我们在佐佐木亮的行李中发现了一只犀牛角。"说着，他向哈里森投去了一个充满怜悯的笑容。听到这个消息，人群中发出了一阵低低的议论声。"恐怕我们都更愿意相信一名真正的警探，而不是一个小男孩。"卢瑟·阿克曼继续说道。

哈里森瞪着他，毫不示弱地说道："犀牛角之所以会在亮的箱子里，阿克曼先生，还不是你故意把它放在了那里。你才是走私犯！"

"胡说八道！"卢瑟哈哈大笑，几名乘客也窃笑起来。

"游猎之星号一直没什么乘客，阿克曼先生，你是怎么赚到那么多钱维持铁路运营的？"哈里森丝毫没有气馁。

卢瑟·阿克曼愣了一下。"我们确实经历了一段困难的时期，但我们现在越来越好了！"他朝空中挥了一拳说道。

弗洛从驾驶平台上走下来，两眼死死地盯着哥哥。"你说谎，"她抱着双臂，"你把生意搞砸了。"

"所以你才利用火车上的秘密隔间把犀牛角和其他违禁品从南非走私出去，是吗？"哈里森不依不饶，继续追问着卢瑟。

"是吗，卢瑟？"弗洛看着哥哥问道。

"不！是佐佐木先生！"卢瑟指着佐佐木亮说道。

"这幅画……"哈里森打开速写本，翻开了他在比勒陀利亚花园车站画的那幅画，"有人付钱让你把这批货物装上火车，是不是？你是怎么收费的？先预付一半，货到后再付另一半吗？"

"怎么又扯到这件事情，"卢瑟·阿克曼有些紧张地笑了笑，不屑地冲那幅画摆了摆手，"我跟你说过，我当时在买蒸汽机的零件。"

"弗洛，这是恩佐吗？"

弗洛摇了摇头。"卢瑟从来不会操心发动机的事情。"她补充了一句。

"克罗斯比先生死的时候，你肯定吓坏了，因为你正好把犀牛角藏在他的包厢里了。"

321

"我没有杀他！"卢瑟大声叫道，他的额头上已经渗出了豆大的汗珠。

"你知道警察肯定会搜查克罗斯比先生的包厢，并对案件进行调查。发现克罗斯比先生遇害后，你便一直待在包厢里，为的就是确保佐佐木亮和洛夫乔伊警探不会发现犀牛角。后来，你用自己的钥匙偷偷溜进去，拿走犀牛角，把它藏在了火车上的其他地方。可你却遗漏了一小块——就是温斯顿和我找到的那一块。"

温斯顿骄傲地点了点头。

"洛夫乔伊警探跟我们说起飓风行动时，是你一直在门外偷听。"哈里森接着说道，"你知道警察会在边境等着抓捕走私犯，所以你趁大家都睡着后，故意放了一只犀牛角在佐佐木先生的箱子里，打算栽赃陷害他。贝丽尔险些被蛇咬后，你抓住机会，让利阿娜搜查整列火车。你很清楚她肯定会找到犀牛角，然后告诉洛夫乔伊警探。"

卢瑟·阿克曼作势想要逃跑，但弗洛挡住了他的去路，埃里克也闪电般出现在他身边，扭住他的胳膊，把他按倒在地。紧接着，埃里克从口袋里掏出一副手铐，扣在了卢瑟的手腕上。

"所以克罗斯比先生的死真是一场意外？"贝丽尔问道。

"不，那是一场谋杀，"哈里森挺了挺胸脯，看得出他在给自己鼓劲，"但却被伪装成了一场意外。我刚开始调查时，一直纠结于凶手到底是如何进出他的包厢的，但实际上，凶手根本没必要考虑进出的问题。因为默文·克罗斯比是被人从包厢外面杀害的。"

"一名训练有素的杀手躲在灌木丛中，静候火车经过？"贝丽尔胡乱猜测起来。

"可他是被自己的枪打死的，"亮说道，"就是他死时握着的那一把。"

"我们都以为他是被自己的枪打死的，"哈里森说道，"因为他被一把枪击中，而在他死亡的房间里又刚好发现了一把枪。但我们都忘了——这列火车上有两把枪。"

人群中传来一阵惊慌的窃窃私语的声音。

"游猎之星号驶过迪特直道时，纳撒尼尔舅舅跟我解释过没有任何弯道或弧度的轨道是多么罕见。但犀牛岩附近的轨道却被称为'胡克急弯'，因为那里的轨道弯成了一段巨大的曲线。"看着众人一脸困惑的样子，哈里森微微笑了笑，"请大家注意，车里的枪是用来远距离射击的。游猎之星号有九节车厢。当火车转弯时，某个人完全有可能站在火车的一端，举枪瞄准另一端，朝同样举着枪正瞄准窗外的那个人开枪。"

"这我还从来没……"埃里克一边说一边摇了摇头。

"克罗斯比先生死的时候，他正探出窗户，向犀牛岩射击。而凶手就在火车另一端利阿娜的车厢里，用利阿娜的枪射杀了克罗斯比先生。"

"我收到的那张纸条！"利阿娜忍不住惊呼起来。

"没错。那张纸条不是克罗斯比先生留给你的，而是凶手留下的。这样你才会离开自己的车厢，凶手才能进去射杀克罗斯比先生。"哈里森说道。

"可凶手怎么知道默文什么时候想要打犀牛呢？"阿米莉娅问道。

"默文·克罗斯比以为自己用望远镜看到犀牛时，我和他都在观光车厢里，"哈里森接着说道，"他当时说了句'好，该死的，就是这个地方'。也就是说，之前有人告诉过他，火车开到犀牛岩附近时要留意窗外的情况，那里很可能有犀牛。所以，凶手很清楚他会在什么时候开枪。"

"可等一下，"妮可撩起挡在前额的头发，"我爸爸……你们都说听到他包厢里面传出过一声枪响。"

"当然了！"贝丽尔突然尖声说道，"他的手指肯定还只是搁在枪的扳机上。当他被从远处射中时……砰！他肯定会被猛地向后弹起，胡乱向空中开了一枪，然后倒在了窗前的地板上。"

"所以有两声枪响？"妮可问道。

"是的。"贝丽尔尖叫道，"我都听到了！"

"确实如此。"哈里森点了点头，"贝丽尔是火车上唯一听到了两声枪响的人。她的包厢在火车中部，窗户也是开着的。"他看着贝丽尔。"你跟我们说你听到了交火的声音，并在笔记中写下了准确的时间。我以为你当时说的就是那一枪，但你当时说得非常肯定——'交火的声音'，说明不止一枪。我当时没往心里去，但凶手肯定注意到了。"

"所以凶手想用蛇把我干掉！"她倒吸了一口气。

"暴雨把蛇都赶到了地面上。因为不喜欢开空调，所以你一直开着窗户。凶手则冒雨抓了两条蛇扔进了你的包厢，也正因如此，他的靴子上沾满了泥巴。"

"恶魔！"贝丽尔厉声说道。

"趁着两条蛇引起的骚乱，凶手拿走了你的笔记本。"

"对！"贝丽尔惊呼道，"我的笔记本不见了！"

"希拉告诉我们犀牛岩的事情时，只有一个人在场，"哈里森说道，"贝丽尔提到枪击事件时，这个人也在场。这是一个擅长用枪，而且知道如何对付蛇的人。"他转过身，双眼直视着埃里克说道："杀害默文·克罗斯比的凶手就是埃里克·洛夫乔伊警探。"

第三十二章

案件细节

　　"我为什么要杀害默文·克罗斯比？"埃里克轻声笑道，"我甚至都不认识他。"

　　"你是不认识他，"哈里森答道，"但你的哥哥认识他，对吧？"

　　"你对我哥哥了解多少？"埃里克的表情变得有些僵硬了。

　　"你跟我们说过，默文·克罗斯比和你一样，都是在约翰内斯堡长大的。之后，妮可跟我讲过一个关于她爸爸年轻时偷车并且连累朋友坐牢的故事。他看着自己的朋友蒙冤入狱。我想克洛斯比先生的那个朋友应该就是你的哥哥。你跟贝丽尔说过，你之所以从警，正是因为你的哥哥。"

"他死在监狱里了，对吧，埃里克？"纳撒尼尔舅舅问道，"我记得你是这么告诉我的。"

"等等，什么？"妮可看起来被吓了一跳，"爸爸在感恩节讲的故事是关于警探哥哥的吗？"

"警方说大卫偷的那辆车是一桩持械抢劫案里的赃车。"埃里克说道，"他也因此被指控参与黑帮活动。"

"噢，可怜的孩子！"阿米莉娅惊讶地捂住了嘴巴。

"我花了十五年的时间寻找默文·克罗斯比与盗窃案相关的证据，一心想让法院宣判大卫无罪，"埃里克摇了摇头，"但是我失败了。默文·克罗斯比发了财，而我哥哥却病了。默文偷走的不仅仅是一辆车，还有我哥哥的人生！"

"你不知道他也会搭乘游猎之星号吧？"哈里森问道。

"在火车站时，默文·克罗斯比没有认出我来，他还叫我帮他拿行李。"埃里克苦笑了一声，"我感觉，这就像是命运给了我一次复仇的机会。他想射杀犀牛，利阿娜有一支枪，而我又恰好知道胡克急弯在哪里。"他看着哈里森说道："火车上有一个著名

328

的少年侦探，我完全可以诱导他按照我的想法进行推理。"他又转向纳撒尼尔舅舅："但直到他踢你的时候，我才最终决定要杀了他。我指责他那么做犯了人身侵犯罪。默文·克罗斯比却当着我的面哈哈大笑，告诉我法律不适用于他，他可以凌驾于法律之上。我刚刚埋葬了我的哥哥。他实在是太过分了。"

"噢，埃里克！"贝丽尔流下了两行泪水，"你难道还想杀了我？"

"不，贝丽尔，"他的表情缓和了不少，"我把蛇放进你的包厢是为了把你吓走，这样我就可以拿走你的笔记本了。你不会死的，火车上有抗蛇毒素。"

"噢，好吧，那就没关系了，是吧？"贝丽尔不无讽刺地呵斥道。"陷害一位女士，然后把毒蛇扔在她的床上，"她身子前倾，"你这个无情的畜生！"

温斯顿把笔记本从背包里拿了出来，说道："正如哈里森所说，笔记本就在洛夫乔伊先生的包厢里。"

贝丽尔高兴地拍了拍手。其他人却什么也没有说。

"你们中有人为默文·克罗斯比的死感到遗憾吗？"埃里克问道，"有吗？"他看着沉默的乘客们。

阿米莉娅张开嘴巴，她看了看妮可，又闭上了嘴巴。

"你想把谋杀克罗斯比先生和走私犀牛角的罪名安在我头上，"亮生气地说道，"你对待我的方式并不比他对待你哥哥的更好。"

"你和克罗斯比先生是一丘之貉。"皋月看上去非常愤怒。

"不，"埃里克坚定地答道，"没有足够的证据证明你犯了谋杀罪，你不可能因此而入狱。飓风行动涉及的也不只是一只犀牛角，这列火车上应该还藏有好几捆。"他叹了口气。"哈里森就是不肯放弃调查。虽然我尽力说服他这只是一场意外了，可他还是没有放弃调查。我必须做些什么，我必须给他一个看上去说得通的凶手。当他们发现犀牛角时，我以为你在和走私犯合作，所以便想利用这个机会，把谋杀的罪名也推到你的身上。"

"你怕我发现凶手其实是你？"哈里森非常惊讶。

"事实证明，我的担心非常合理。"埃里克苦笑着说道。

"现在，你会向赞比亚警方自首，对吗？"哈里森问道。

"不，我可不这么认为，"埃里克掏出他随身带着的小刀，刀刃在阳光下闪闪发亮，"我是不会坐牢的。"

"把刀放下，埃里克！"纳撒尼尔舅舅喊道。

"我要走到赞比亚去，那里的警察正等着洛夫乔伊警探呢！我要把我这个版本的故事告诉他们。"埃里克后退了几步，"等他们找你们问话时，我已经远走高飞了。"他举起刀，脸上露出绝望的表情。"别跟着我，我扔飞刀可比打枪更准。我想你们应该都知道，我是个不错的射手。"

所有人都僵立在原地，看着他慢慢后退。

"没有人阻止他吗？"哈里森大声喊着。人们全都面面相觑。"总得有人做些什么啊！"他朝埃里克·洛夫乔伊冲了过去。

"哈里森！"纳撒尼尔舅舅惊呼一声，"别！"

"宝贝儿！"眼见温斯顿也冲了出去，利阿娜连忙追了上去。

哈里森朝埃里克·洛夫乔伊扑去，一把抱住了他的大腿。砰的一声，两个人摔在了地上。小刀从埃里克的手里掉了下来。埃里克用脚后跟猛踹了一下哈里森的脑袋。哈里森痛苦地捂着脑袋，滚到了一旁。

"温斯顿！"哈里森突然听到利阿娜的呼喊，抬头一看，只见埃里克正用胳膊勒着温斯顿的脖子，拖着温斯顿走下铁轨。

"谁都别过来！"埃里克吼道。

利阿娜、纳撒尼尔舅舅和帕特里斯本来都在往这边跑，听埃里克这么一喊，三个人都停了下来。

"让他走！"利阿娜叫道。

"温斯顿和我要去边境散散步。"埃里克喘着粗气说道，"我不想伤害他，但如果你们继续跟着我，他很有可能会失足摔到桥底下去。"

哈里森从温斯顿的眼神中看到了恐惧。他向峡谷望去，不由得倒吸了一口冷气，感到胃部疼痛起来——从那里摔下去必死无疑。不过，他发现温斯顿背上的背包里露出了一个小小的鼻子。有主意了！哈里森勉强爬了起来，忍着脑袋的疼痛，用最孩子气、最害怕的声音说道："请不要伤害我的朋友。"他一边慢慢地往前走，一边把手伸进了裤子的后兜里。

"如果你按我说的做，他就不会受到伤害！"埃里克大声吼道。

温斯顿目不转睛地盯着哈里森。

"那是谁？"哈里森突然举起拳头向前指了指，"那是边境警察吗？”

埃里克刚一转头，哈里森便把一把花生扔到了他的头顶上。温斯顿吹了声口哨，打了个响指。奇波一下子就从背包里跳了出来，踩在了埃里克·洛夫乔伊的脸上。

"什么？"埃里克大叫一声，松开温斯顿，举起双手，想把奇波从自己的脸上拽下去。奇波受了惊吓，伸出锋利的爪子乱抓一通，顷刻间便把埃里克的脸颊和脖子抓花了。温斯顿趁机从警探的身边跑开，一头扎进了他妈妈的怀里。洛夫乔伊疯狂地挥舞着拳头，想要把奇波赶走，可他的两只眼睛都被奇波遮住了，他只能跌跌撞撞地靠到大桥的栏杆上。

"埃里克！"纳撒尼尔舅舅大喊着，一瘸一拐地往前走了几步，脸上的表情因为疼痛而完全扭曲了，"小心！"

终于，奇波从埃里克的脸上跳了下来，它的后爪把埃里克的眼睛抓得鲜血直流。埃里克哀号一声，向后一倒，眼看要从栏杆上翻过去了。

纳撒尼尔舅舅猛地向前一扑，伸出双臂，紧紧抱住了埃里克的一条小腿肚。为了不让埃里克掉下去，纳撒尼尔舅舅使出了浑身力气，再加上自己脚踝的伤痛，他痛苦地呻吟了起来。

一时间情况万分危急——埃里克悬在大桥栏杆的另一侧，峡谷在他的身下，就像一个巨人张开的大嘴巴，等着把他一口吞下去。

不过是一眨眼的工夫，利阿娜和帕特里斯便冲到了纳撒尼尔舅舅的身边。他们一起拽住埃里克·洛夫乔伊的另一条腿，三人合力把他拉回了桥上。

"噢，埃里克，"纳撒尼尔舅舅眼里含着泪水，"你为什么要这么做？"

"他杀了我的哥哥。纳撒尼尔，"埃里克颤抖着说道，"我必须这么做。"

第三十三章

黑夜彩虹

　　大桥咖啡馆坐落在峡谷的边缘，室内铺着木地板，屋顶则是用稻草装饰的。哈里森一边吃着恩希玛[①]和牛肉，一边望着维多利亚瀑布上的大桥。火车上发生的案件并不像他想象的那么有趣。埃里克·洛夫乔伊这个人让他爱恨交加——埃里克把自己从毒蛇面前救了出来，从这一点上看，他很感激埃里克，但夺走别人的生命永远是不对的。

　　游猎之星号上的乘客和工作人员被赞比亚警察带到了咖啡

――――――――――
① 赞比亚的一种主食。——译者注

馆，依次接受问询。希拉和格雷格把火车开到了侧线上，以便警察对整列火车进行搜查。午后的时光渐渐逝去，夜晚已然降临。

纳撒尼尔舅舅、温斯顿和利阿娜坐在贝丽尔对面的皮沙发上。哈里森端起自己的一锅食物走了过去。

"我希望他们尽快把我们转移到旅馆去，"当他在贝丽尔身边坐下时，贝丽尔正对着其他人这样说道，"经历了这么多戏剧性的事情，我累坏了。说实话，我身上都有味道了。"她闻了闻自己的身上，皱了皱眉头。

"在接下来的旅途里，你打算做些什么？"哈里森问道。

"下游有一个大象保护区，我可能会去看看，"贝丽尔答道，"然后我就回英国写书了。"她兴奋得睁大了眼睛。"我有一种感觉，这本书肯定会大卖。你一定要找个时间来看看我，我们可以讨论一下我们最喜欢的侦探故事。"

皋月盘腿坐在地板上，她正在教妮可如何用餐巾纸折纸鸟来打发时间。"哈里森，如果你有机会来日本，我们肯定会好好招待你，"她说道，"我非常感激你破了这个案子。"

"是你的折纸手艺让我彻底想明白的。"哈里森对她笑着说道，"看到被你折起来的火车示意图，我才意识到火车在急转弯的时候，车头和车尾有可能会处在正对着的位置上。"

"哈里森，我欠你一份人情。"亮走过来说道，"你如果来日本画画，一定要来看看我们。"

"我很乐意。"哈里森笑眯眯地看着纳撒尼尔舅舅说道。

"我可以带你去你喜欢的地方参观，品尝我们的食物。"皋月说道。

"你们会带我参观超高速的子弹头列车吗？"哈里森问道。

"哦，新干线，"亮哈哈大笑起来，"这是最起码的。"

帕特里斯从墙边的自动售货机旁走了过来，手里拿着一罐饮料。他坐在哈里森旁边的沙发上。"我想对你说声谢谢，"他压低声音说道，"谢谢你没有提及衬衫的事情。"

"我该谢谢你，"哈里森答道，"我当时怀疑埃里克是凶手，但我就是想不明白他是怎么做到的。当你向我描述包厢里发生的事情时，我意识到克罗斯比先生一定是被人从外面开枪打死的。"

"好吧，很高兴我能帮上忙。"帕特里斯笑了。"嘿，温斯顿！"他朝对面的沙发喊道，"如果你想要的话，我现在就可以给你签名。"

"噢，额……谢了。"温斯顿看上去有些腼腆。

"如果温斯顿打扰到你了，我很抱歉，姆巴塔先生，"利阿娜严厉地说道，"我跟他说过别打扰客人的。"

"哦，请别生气，女士。我特别喜欢给人签名。嘿，温斯顿，你想带着你的猫鼬去看《遗产》的片场吗？"

温斯顿欢呼了一声，利阿娜大笑起来。"他很愿意去。"她说道，"但奇波不是猫鼬，它是一只獴。"

"奇波是大英雄，"温斯顿抚摸着奇波说道，"它救了我的命。"

"我也帮了忙的。"哈里森故意提醒他。

"或许是帮了一点点的忙。"温斯顿眨了眨眼睛调皮地说道。

"你是什么时候知道卢瑟是走私犯的，哈里森？"纳撒尼尔舅舅问道。

"自从我看到他收了那笔钱之后，我就一直在怀疑他。"哈里森靠在椅背上，猛然发现大家都在听自己说话，"贝丽尔被蛇袭击的那天晚上，卢瑟·阿克曼来到贝丽尔的包厢时，穿着睡衣，不过他却穿了双系带鞋，这似乎有些奇怪。当我们发现犀牛角在亮的手提箱里时，我意识到一定是有人趁着夜晚把它放进去的。当贝丽尔尖叫着呼救时，卢瑟匆忙披上睡衣，故意比

338

其他人到得都晚，装出一副已经上床睡觉了的样子，可他的鞋子出卖了他。然后，他让利阿娜在火车上找蛇，从而诱导她找到那只犀牛角。"

"精彩的推理，哈里森。"贝丽尔瞪大了眼睛，显出大为震撼的样子。

"我想知道阿克曼铁路公司现在该怎么办。"纳撒尼尔舅舅摇了摇头，"这么多漂亮的火车。"

"既然卢瑟犯了法，我想这条线路应该也要停运了，"利阿娜叹了口气，"我要失业了。"

"弗洛呢？"哈里森问道，"她不能运营铁路公司吗？"

"她哥哥的罪行肯定会损害公司的声誉，"利阿娜说道，"我不确定乘客是否还愿意乘坐这趟声名狼藉的列车。"

"胡说八道！"贝丽尔反驳道，"所有人都喜欢精彩的侦探故事。东方快车不就没有受到任何负面影响吗！"

"如果我把它买下来呢？"妮可突然平静地说道。所有人都惊讶地看着她。"游猎之星号确实有些过时了，不过如果能改头换面，这列火车还是挺酷的。贝丽尔说的没错，发生在火车上的侦探故事也是很好的卖点！"

贝丽尔流露出一丝笑容。

"利阿娜,你可以继续游猎旅行,照看车站的动物们。"妮可兴奋地继续说道,"弗洛可以负责火车的事情。妈妈和我可以重新打造品牌,并负责市场营销。凭借我们掌握的媒体关系,这份事业肯定能大获成功。"

"你之前开过公司吗?"利阿娜皱着眉头问道。

"你可以帮我的,对吧,拉玛波阿女士?"妮可对坐在扶手椅上扇风的波西亚大声说道。

"我很乐意帮助任何由女性经营的生意。"波西亚答道,"我相信你肯定会成功的,妮可。"

"妮可,你确定要这么做吗?"阿米莉娅问道。

"我想创办一家聚焦生态环保的旅游公司,"妮可耸了耸肩膀,"为什么不呢?"

"我觉得这是个很棒的主意。"哈里森说道。

"天哪,大伙儿,看!"贝丽尔站了起来,"我在游览手册里看到过,可我真没想到自己居然能亲眼看到这一幕。"

"什么?"哈里森问道。一行人全都朝露台走去。

"一个著名的奇观。"贝丽尔说道,"看!看见了吗?"她指着夜空。哈里森看见一团白雾在黑暗中升起，一道彩色的光束横跨在峡谷上空。

"黑夜彩虹。"纳撒尼尔舅舅压低声音说道。

"每当夜晚天空晴朗、月亮高高挂起时，月光会被维多利亚瀑布飞旋的水花折射，形成月光彩虹。"贝丽尔摸索一阵，掏出了她的笔记本，"我应该把这句话写下来——这句话真漂亮！"她飞快地写着，其他人则目不转睛地看着夜空中令人惊叹的七色彩虹。

哈里森悄悄走到一旁，打开速写本，拿出了炭笔。

"多棒啊！"纳撒尼尔舅舅说着，在他身旁坐了下来，静静地看着他画画，"你今天的所作所为非常勇敢而且十分成熟。你应该为自己感到骄傲。"

"我不觉得自己勇敢，其实，我非常害怕。埃里克骗了我们所有人。"

"但你终究还是识破了埃里克的诡计。"纳撒尼尔舅舅朝他的画点了点头。"黑暗的时光往往能够孕育出美好的事物，"他轻轻舒了口气，"我真心为你感到骄傲，哈里森。"

哈里森眺望着维多利亚瀑布，看着水雾中变幻的色彩，露出了笑容。

作者笔记

致亲爱的读者

很高兴又和你们在书中相见。

虽然未曾有幸亲自体验本书中的火车之旅，但这趟旅程真实存在。基于南非方面的研究成果，以及编辑的建议，我们成功地赋予了这条铁路生命。与我们以往所有的小说一样，为了创作出一个好故事，在部分内容上我们还是自由发挥了一下。

真正的游猎之星号

游猎之星号是虚构的，我们创作它的灵感源于几趟横贯南非的豪华铁路之旅。从比勒陀利亚到开普敦的蓝色列车号是其中最负盛名的一列火车，而故事中线路的原型则来自非洲之傲列车公司。

比勒陀利亚花园车站的设计灵感来自现实世界中的比勒陀利亚首都公园车站，非洲之傲列车公司的总部就设在这里。首都公园车站也有检修棚、铁路博物馆以及在车站内漫步的野生动物。

真正的珍妮斯

人们在英国的格拉斯哥制造过许多个 25 型火车头，并将它们运往非洲，供当地铁路使用。25 型火车头配有冷凝锅炉，也就是说，它们可以回收蒸汽——活塞被点燃开始工作后，需要排出的蒸汽可以冷凝为水，再次回到煤水车内。如此精巧的设计意味着蒸汽机车不需要装载大量的水，对于穿越干旱地区的长途旅程来说，这一点至关重要。但事实证明，冷凝锅炉非常难维护。随着时间的推移，大部分火车头都用回了普通锅炉。珍妮斯是一个 25NC 型火车头，其中"NC"代表"非冷凝"，即它的锅炉已经被改装过了。我们为本书做了诸多研究。在写作期间，我们去参观了白金汉郡的铁路中心，那里收藏着英国唯一一个 25NC 型火车头。一直到 20 世纪 70 年代，这个火车头始终在非洲大陆上牵引着著名的蓝色列车号，之后则乘船从非洲返回了英国。这个火车头就叫"珍妮斯"——我们在书里的故事中沿用了她的名字。

如今，非洲之傲列车公司在其铁路运营上使用着多个 25NC 型火车头。然而，由于沿途补水站稀少且维护成本高昂，现在已经很少有蒸汽机车能够完成从比勒陀利亚到维多利亚瀑布的整趟旅程了。但我们刻意忽略了这一事实，以便各位依然可以在这趟旅程中感受蒸汽机车的魅力，希望大家不要介意。

非洲南部铁路

19 世纪后期，英国在各个大陆上都拓展出了自己的领地。当时，人们计划修建一条从开罗到开普敦的铁路——从北到南横穿非洲大陆上被当时的英国控制的土地。这项计划推行下去，当时在非洲完成了很多轨道的铺设，不过这条路线并未完工。

许多人认为，英国修建铁路是送给其控制领地的一份礼物。这么说其实是不准确的。修建非洲南部铁路是为了方便英国开发非洲大陆的自然资源，如钻石、铜和煤炭。这种行为往往会遭到当地人的反对，但任何反对活动都会遭到暴力镇压。今天，非洲大陆上仍然有很多当时建成的铁路工程，比如维多利亚瀑布上的赞比西河大桥。我们需要明白，这些工程兴建之初其实并非出于善意，而且往往付出了巨大的人力成本。

车厢

东方快车号的车厢并没有在南非翻新或者重新投入使用，

因为这是不可能的。非洲铁路使用的轨距——车轮间距，与欧洲的不同，两种不同轨距的车厢无法通用。然而，搭乘东方快车号传递信息确实是当时外交官携带重要文件穿越边境的主要渠道，而且众多间谍和秘密特工的活动也让这趟列车声名在外。

最后

本书中的人物纯属虚构，犀牛岩也是我们编造的。虽然铁路沿线有很多弯道，但没有哪个弯道叫作"胡克急弯"。另外，出于情节的需要，我们设计了很多危险的动作，比如哈里森和舅舅分别跳下火车。这些动作只是我们虚构的，希望读者不要模仿。

如果你在英国，同时又想要了解更多关于铁路的知识，我们建议你去参观白金汉郡铁路中心或全国各地的蒸汽铁路遗址和博物馆。另外，我们还强烈推荐约克铁路博物馆，那里满是来自世界各地的火车头和车厢。玛雅就是在那里爱上了火车。

你也可以访问我们的网站——adventuresontrains.com，寻找更多优质资源，了解更多哈里森的冒险经历。

致　谢

我想利用这个机会感谢麦克米伦公司出色的编辑露西·皮尔斯，她帮助我们把"火车探案记"的前三本书送上了正轨，还请到了技法惊人的埃莉莎·帕加内莉绘制插图。很遗憾，这是我们合作的最后一本书（因为露西要前往另一家出版社高就了），但我依然觉得自己是幸运的，因为我们的友谊还将继续，我希望她永远都是我们的读者。谢谢你，露西。你真的太棒了！

埃莉莎·帕加内莉，你的每一本新书都会超越上一本。这本书的插图和封面简直无与伦比。谢谢你所做的一切，谢谢你让读者们看到了哈里森眼中的世界。

谢谢杰瑞·伍德，正是这位勇敢的冒险家告诉了我她在南非的旅行以及维多利亚瀑布的黑夜彩虹。

向麦克米伦公司所有为我们的书而辛勤工作的工作人员致以最崇高的敬意和最诚挚的感谢！你们真是一支不可思议的团队。由衷地感谢乔·哈达克、阿莉克斯·普莱斯、萨曼莎·史密斯、莎拉·休斯和艾拉·查普曼。等我们能够再次拥抱时，我一定要紧紧地拥抱你们。

感谢我的经纪人科斯蒂·麦克拉香兰。你在如此艰难的一年里成立了摩根格林创意公司。你激发了我写作的灵感。与你同行永远是一种快乐。

2020 年对我来说是无比艰难的一年，我要感谢萨姆·塞格曼帮助我继续前行。没有他，我几度想要放弃。这种共同写作的伙伴关系比我们最初构想这个项目时所预想的更加愉快且富有成效，而且我总能从中学到些东西。感谢萨姆一直以最真诚的本心对待我。谢谢你，我的朋友。

最后，我还要感谢我的好丈夫萨姆·斯帕林和我的儿子亚瑟和塞巴。每当我坐在桌旁写作时，他们总会蹑手蹑脚地围在我身边，为我笔下的每一个里程碑、事件和成就欢呼庆祝。我爱你们。

M. G. 伦纳德

如果没有我们出色的编辑露西·皮尔斯，这本书——这套书中的任何一本——都不可能完成。遗憾的是，这将是我们的最后一次合作，因为她将走下这趟列车，与另一家出版社继续前行。非常感谢你在我们三段精彩的冒险中为我们指明方向，并说服我们不要在《高地猎鹰号盗窃案》中把一条狗写死。我真不知道我们当时是怎么想的！我们非常想念你。祝你未来的旅途一切顺利，请一定记得给我寄明信片。

露西所在的工作团队非常优秀，这个大家庭给予了我们巨大的支持，并让我们始终觉得自己备受重视。萨曼莎·史密斯、乔·哈达克、莎拉·休斯、艾拉·查普曼、阿莉克斯·普莱斯，以及麦克米伦公司的其他人，我从心底感谢你们所做的一切，感谢你们孕育了这套书，让它们没有因为疫情而受影响，反而获得了巨大的成功。你们璀璨如满天繁星。

埃莉莎·帕加内莉继续用她笔下绝妙的哈里森冒险插图给我带来了巨大惊喜。她工作努力，效率极高，而且技术如此精湛，我简直不敢相信我们竟有幸能与她一起工作。封面精美绝伦——我真不知道她是怎么做到的。

感谢我才华横溢的同事、朋友和知己M.G.伦纳德，这段合作写作之旅给我的生活带来了难以言表的快乐。有你在，辛苦的工作变得乐趣十足。谢谢你总是肯定我的优点，并说服我不要把情节复杂化。期待我们未来有更多的冒险。

由衷地感谢我的经纪人——摩根格林创意公司的科斯蒂·麦克拉香兰。她能力超群，让她运营一条铁路都没问题。说到铁路，我还要特别感谢白金汉郡铁路中心让我们近距离接触到了珍妮斯。同时也要感谢麦克米伦公司的南非团队，感谢你们提出的建议。谢谢我的侄子们，谢谢你们积极的反馈。还有萨姆·斯帕林，谢谢你做的千层面。

为所有书商、图书管理员以及那些把我们的书送进读者手中的火车爱好者拉响最欢快的汽笛！嘟！嘟！我们的书能够得到多方面的支持，我深感幸运。也感谢我们所有的读者，他们对我们真是极尽赞美之词。他们是我们写作的动力。

如果不在这里感谢一下阿加莎·克里斯蒂，那就太不负责任了，她才是这一切的"罪魁祸首"。另外，我还要感谢我出色的父母，正是他们让我在孩提时代看了《大侦探波洛》，我才会进入犯罪小说的世界。之后，他们又给我买了数不清的谋杀推理小说，并任由我把所有东西都变成了谜题。感谢你们一直以来的支持，以及不知疲倦的鼓励。我爱你们。

最后要感谢汤姆·利珀，我的好搭档。当我把所有的心血都倾注在书页上时，他再次用喜悦填满了我的心。谢谢你的善良和活力，谢谢你愿意倾听我的烦恼、担忧。真高兴封城期间有你做伴。我比以往任何时候都爱你。

萨姆·塞格曼

感谢阅读!

哈里森的下一趟旅程期待您的加入!